U0466020

HERMES

在古希腊神话中，赫耳墨斯是宙斯和迈亚的儿子，奥林波斯神们的信使，道路与边界之神，睡眠与梦想之神，亡灵的引导者，演说者、商人、小偷、旅者和牧人的保护神……

西方传统 经典与解释 **HERMES**
Classici et Commentarii

巴洛克戏剧丛编
Series of Baroque Drama

刘小枫 谷裕 ● 主编

被弑的国王

Ermordete Majestät
Oder Carolus Stuardus König von Groß Britannien

[德]格吕菲乌斯 Andreas Gryphius ｜ 著

朱晨 ｜ 译

华夏出版社

古典教育基金·蒲衣子资助项目

"巴洛克戏剧丛编"出版说明

baroque[巴洛克]这个词源出罗曼语系的 barroco[不合常规],原指外形有瑕疵的珍珠,引申用法指奇形怪状、不合习规之物,明显带贬义。十九世纪末,艺术史学的奠基人沃尔夫林(1864—1945)在《文艺复兴与巴洛克》(1888)中用这个语词来标志这样一种艺术风格:它使得文艺复兴形成的艺术风格"分崩离析"并走向"衰落"。

在意大利,我们发现了一个从严谨到"自由和涂绘"风格、从形体明确到形体不整齐的有趣的转变过程,而北方的民族却没有参与进来。①

沃尔夫林虽然说"人们习惯于用术语'巴洛克'来描述这样一种风格",却没有说这个"习惯"是何时养成的。这倒无关紧要,重要的是,从此人们有了一个语词,以此概括十七世纪基督教欧洲文艺现象的总体特征:

早期巴洛克风格凝重、拘谨、充满宗教性。后来,这种压力逐渐减弱,风格也就变得越发轻巧、越发活泼,其中包含了对所有结构元素的调侃式消解,这就是我们所说的 Rococo[罗可可]。(同上,页 14)

---

① 沃尔夫林,《文艺复兴与巴洛克》,沈莹译,上海:上海人民出版社,2007,页 13。

沃尔夫林是美术史家，因此，"巴洛克"首先指一种美术风格，但这个语词很快就延伸到十七至十八世纪初期的音乐、戏剧甚至小说一类的叙事作品。显而易见，沃尔夫林对"巴洛克"风格的描述一旦用于戏剧和小说，就不管用了，因为，巴洛克戏剧和小说非常政治化。

政治性的戏剧自古就有，巴洛克戏剧的政治特征与欧洲王权国家的危机直接相关。十七世纪的基督教欧洲正在经历深刻的政治革命，宗教改革使得正在形成的绝对王权君主制受到威胁，神学－政治问题的论争迭起，政治话语错综复杂。在巴洛克戏剧作品中，这一切得到了最为直观的反映。德意志的政治状况远比已经形成绝对王权的国家复杂，德意志的巴洛克戏剧为我们提供了形象的演示，让我们得以透视其中复杂交集的神学－政治理论的论争。

对于巴洛克时期的英国、西班牙和法国的戏剧，我们已经多少有些了解，对德意志的巴洛克戏剧则相当陌生。事实上，在这一时期，德意志也出现了堪与莎士比亚、卡尔德隆、拉辛、高乃依、莫里哀比肩的戏剧家——阿旺西尼、格吕菲乌斯、罗恩施坦就是代表。

巴洛克戏剧种类繁多，我们聚焦于文人创作的悲剧、正剧，它们无不是政治历史剧：取材于历史人物（君主）和事件，在宫廷、教会或人文中学的剧场上演。剧作家要么是从政的神学家，要么是法学家，有丰富的政治实践。他们写作戏剧，明显意在教育君主以及未来的政治人。

德意志巴洛克戏剧有严谨的形式，一般分四幕或五幕，台词用亚历山大体。幕间有歌队，以角色对白与合唱相结合的形式解释、评判、反衬剧情。德意志的巴洛克文人戏剧特别讲究修辞，以托寓、徽记、用典为主要特征，外加丰富的修辞格，凡此无不是为了实现政治教育的的目的。

到了十八世纪下半叶，提倡凸显个性、务求文风平实朴素的启蒙戏剧兴起，巴洛克戏剧因被启蒙文人贴上"繁缛""矫饰"的标签而遭到贬抑。实际上,启蒙戏剧取代巴洛克戏剧,反映了基督教欧洲的政治转型:从王政转向民主政治——从宫廷文学转向民族国家的市民文学。

十七世纪戏剧文辞古旧,修辞和典故对今人来说都相当生僻,却无可以凭靠的现代德语译本。因此,阅读巴洛克戏剧不易,翻译更难。尽管如此,为了我国学界更为深入地认识现代欧洲的政治成长,我们勉力编译了这套"巴洛克戏剧丛编"。为此,除剧作外,我们还选译了有代表性的研究文献。

古典文明研究工作坊
西方典籍编译部午组
2021 年 4 月

目 录

中译本说明／1

献词／1
克伦威尔墓铭／5
人物表／9

正　文
第一幕／11
第二幕／33
第三幕／67
第四幕／125
第五幕／145

附　录
姚　曼　戏剧家格吕菲乌斯与《被弑的国王》／177
瓦格纳　格吕菲乌斯的悲剧《被弑的国王》／198

中译本说明

一　格吕菲乌斯生平与创作

《被弑的国王》(原名直译为《被弑的国王陛下或查理·斯图亚特暨大不列颠王》)的作者是格吕菲乌斯(Andreas Gryphius),他是诗人、学者,也是德语巴洛克雅剧(Kunstdrama)最为重要的代表之一。1616年,格吕菲乌斯出生于西里西亚大公国的格洛古夫(Glogau)地区,这里的人们主要信仰新教(路德宗),但格洛古夫在行政上却隶属信仰天主教的哈布斯堡家族的管辖范围。三十年战争时期,这里是天主教与新教双方拉锯的战场,教派纷争与战乱在很大程度上影响了格吕菲乌斯的成长经历。1628年,格吕菲乌斯求学的格洛古夫文理中学被天主教徒关闭,之后他辗转但泽(Danzig)等地继续求学。1638年到1644年间,格吕菲乌斯在莱顿大学修习法律专业。此后,他游历法国、意大利等地,熟悉了欧洲各国的戏剧创作。游学结束后,格吕菲乌斯返回家乡,自1650年起到1664年中风逝世为止,他一直担任格洛古夫的法律顾问。

格吕菲乌斯历经了三十年战争的全部过程,亲身体验了人生的种种苦难,他早年创作的诗歌呈现出他对时代和环境的种种思考,例如其中极具代表性的十四行诗《一切皆是虚空》(*Es ist alles eitel*)以及《祖国之泪,写于1636年》(*Thränen des Vaterlandes Anno 1636*),二者都体现了巴洛克时期"虚空"与"无常"的主题。在戏剧创作上,格吕菲乌斯同其他巴洛克时期的剧作家相仿,大都以历史素材为基础,在创作戏剧情节的时候常常援引真实的历史记载,从注释中的外文资料中也可见他的博学与严谨。戏剧的主人公常被塑造成"殉道者"的形象，例如《列奥·阿尔梅尼乌斯》中被判处死刑的国王列奥五世、《格鲁吉亚的卡塔丽娜》中宁死不愿改变宗教信仰的格鲁吉亚女王以及《被弑的国王》中被民众审判的国王查理一世，他们往往为心中坚守，不惜以死殉道。格吕菲乌斯的这些历史剧也因而被称为殉道剧。

二 作品的内容、结构与主要问题

在本剧中，格吕菲乌斯选择了英国国王查理一世作为悲剧的主人公，呈现了国王从统治者到阶下囚的命运急转，彰显了人世的无常。作为一部历史剧，《被弑的国王》取材于十七世纪的真实历史，讲述了1649年大不列颠国王查理一世被砍头一事。1648年11月，英国的"残余议会"就国王引发内战一事设立最高法庭，审判国王查理一世，并最终宣判他为暴君和国家的叛徒，拟定了死亡的判决。这一推翻君主的事件令欧洲政坛一片哗然，格吕菲乌斯也大为震惊，决心为此创作一部戏剧。戏剧中的国王为了国家和民众慷慨赴死，俨然被塑造成一位殉道者。戏剧情节始于午夜，终于午后三时，效仿了耶稣被捕以及被钉上十字架直至断气的过程。

《被弑的国王》共有两个版本，分别是1657年完成的第一版以及1663年完成的最终版。最终版本的戏剧由献词、克伦威尔墓志铭、五幕的戏剧情节和作者的注释构成。剧中的人物立场分明，两派对立的人物分别以国王查理一世和议会军首领克伦威尔为首。值得注意的是，双方人物在戏剧中鲜有激烈的正面交锋，他们往往各说各话，交错出现在不同的戏剧场次中。

与第一版相比，第二版新增了一个第一幕，叙述了费尔法克斯夫人试图营救查理的计划。最初的第一幕则顺延为第二版的第二幕，借查理一世本人的独白表现君主慷慨赴死的从容与决心。第一版中的

二、三两幕合并为第二版的第三幕，于是这一幕中众多人物出场，戏剧情节也十分丰富。他们作为各方势力的传声筒，表现出欧洲当时对于英国审判君主并判处其死刑一事的不同立场。戏剧的第四幕依旧以查理一世的独白为主，表明国王坚持自己的信仰，甘愿为此献身。最后一幕中，查理一世被砍头，众人围观行刑现场。

从格吕菲乌斯完成第一版到最终版得以形成，英国又历经了1660年查理一世之子查理二世复辟一事。这一事件的最新进展在格吕菲乌斯的修改中也得以体现，例如戏剧最终版本的第二幕增加了预言斯图亚特家族将再度称王的篇幅。两版戏剧均由五幕构成，每一幕的结尾都有简短的合唱，被杀害的诸国王的魂灵、各类神话人物以及诸多寓意式的形象纷纷显现，或抱怨不公批判时局，或宣扬报复昭示未来。这些合唱往往是对本幕剧情的总结，用以彰显戏剧的主旨，从而帮助观众理解和评判剧情。

在《被弑的国王》中，以克伦威尔为首的议会军认为国王是暴君和叛徒，声称判处查理一世死刑一事十分正当，也是上帝的旨意，而第四幕的合唱却明显认为议会军此举是对宗教的亵渎。另一方面，查理一世及其拥护者认为民众妄图审判国王已是一种僭越，因为根据"君权神授"一说，只有上帝才有审判国王的权利。这部戏剧主要探讨的便是人民审判国王是否合法的问题。格吕菲乌斯的态度十分明确，这部戏剧的标题中"被弑的国王陛下"已经代表了他的立场。他认为，民众审判并谋杀了国王，所作所为并不合法。在戏剧中，查理一世的无辜和清白借众人之口多次得以重申，弑君者的罪行也一再受到众人谴责。对于十七世纪的格吕菲乌斯而言，"君权神授"是神圣不可侵犯的法则，国王由上帝挑选并任命，人们谋杀君主损害了上帝设定的秩序。此外，弑君者们披着正义的外袍，打着法律的幌子，设置了法庭，对国王进行了看似"公正合法"的审判并判处国王死刑，实际上是妄图用程序上的正当来掩盖弑君的事实。格吕菲乌斯是君主制度的忠实拥护者，视国王为上帝选中的代理人，推翻君主的人其实是在挑战上帝，必将遭受惩罚。在查理一世被砍头这一事件发生之后，格吕菲乌斯借由戏剧作品提请欧洲诸国注意，倘若各国效仿英国行事一定会招致严重的后果，呼吁欧洲的君主联合起来拯救君主政体。

本书译自德国古典出版社（Deutscher Klassiker Verlag）于1991年出版的笺注版《格吕菲乌斯戏剧集》。在诗行编号上，原作常常为了押韵将完整的句子拆分为多行，此外，原作里部分诗行在一行之中存有多人对话，译者均按照中文表达习惯进行翻译，因此，译文中有少量诗行编号与原文略有出入。另外，中译本添加的脚注是译者参照剧作家格吕菲乌斯的原注及后世的研究文献汇编而成。首先是补充戏剧人物的背景介绍，更有利于读者理解戏剧人物在这出历史剧中的身份和立场，其次是介绍巴洛克时期戏剧常用的修辞手法，比如指代、隐喻等。鉴于本剧既是一部历史剧，也是一部殉道剧，与戏剧情节相关的脚注主要补充说明历史和宗教两方面的背景知识，以便读者了解戏剧人物发言与行动的前因后果，明白查理被弑为何在当时如此"惊世骇俗"。

朱晨
2021年6月于柏林

格吕菲乌斯(Andreas Gryphius),1616—1664

《被弑的国王》首版(1657)扉页

献　词

　　致尊贵的、学识渊博的戈特弗里德·泰克斯托（Gottfried Textor）阁下，梅尔辛世袭封侯，莱布尼茨－布里格与沃劳的秘书，我尊贵的先生与友人。

　　正如我先前对公众许诺之言，在我最近再次通读查理悲剧，并准备为我再版的这一剧本更加详尽地刻画这场极端可怖的罪恶行径之时，我遇到了尊贵的先生您，在公众对我的作品评价褒贬不一之际，您为我的创作提供庇护。一方面，有礼有节、认为法律不可触犯之人对此作品赞誉有加，因它在举世惊愕、国王尸身甚至尚未入殓的短短几天内便得以完成，表达出我对弑君恶行的憎恶；另一方面，亦有人认为我不明智，因为此事不但刚刚发生，而且我还在这暴行发生的时刻立即遣责那有罪之人。也有人费尽心思，将我尖锐辛辣的行文风格曲解为复仇之兆，而并未注意到我也关注那些赞扬这无耻行径的人。

　　整个德意志最终允许这部无辜的作品出版，它作为我的第三部悲剧一直很受众人期待。为了避免大家误解我轻视那些尊贵显赫之人及那毕生投身法学研究之人作出的判决，我最终对这部因国王的鲜血而惊愕的作品进行再次修改，并为该剧增添部分时事素材。这些时事素材有一部分为公之于世的告示，另一部分则是我新近发掘的各方口诛笔伐的檄文。因而我认为，将尊贵的先生您的姓名置于我作品的献词中尤为必要，只因我从未忘记，我时隔十年重返弗豪城（Fraustadt）

时①,您对我的欢迎与不遗余力的庇护。从此您总是寻机助我,引我结识有识之士。在我斟酌再次流亡之际,您又一次对我施以援手,点燃我对内心渴求已久、遥不可及之物的希望。其他人可以平静地指责我,因为祖国让我远离学业,但只要清楚您是他们阅读我文字的诱因,我便可坚持写作。但您灵魂中更悲伤的感情也暴露无遗,因为当我因最珍贵的人的葬礼心烦意乱时,您经常用安慰来支持我,当命运对我不利时,您又滋养我的希望。无论我们之间相距多远,您亦从未改变,最近您为我小女儿的不幸深切悼念时②,我体会到了这一点。

此外,那些您承诺过且不会给您带来不愉快的事情,我称之为您的职责。若非您不断热心勉励我继续创作,我不会开始对这场谋杀事件的记录。然后,当我特别难过的时候,我不知道那是一种麻痹还是对写作的厌倦。而您总不遗余力安慰我,让我重拾自我。我畏惧于向观众展示我尚不成熟的果实,您却竭尽全力使我的作品得以问世。现在请收下这本深得您心的书,而且是润色过的,尽管您对它的原貌已经非常喜爱。毕竟,这部悲剧理应送给您,只因您深知悲剧所需何物。因此我想请您决定,我对弑君行为的刻画应运用何种适宜的文体手法。当然,亦如那句出自佩特洛尼乌斯(Petronius)的格言"文学家不应简单地将史实写入诗行中——历史学家更善于此事——而应纳入神话人物",并使魂灵与假面登场,"诗人更擅长警世恒言的风格,甚至能使狂人的预言比虔诚者的演说更为昭然"。无论这期间种种罪行如何变化或逆转,我的功劳是:我得以在戏剧中借助局势剧变教导世人,

---

① 因继父在弗豪城担任牧师,格吕菲乌斯于1632年转入弗豪城文理中学,1634年离开前往但泽(Danzig),1636年重返此地。1647年结束长期旅居生活后,格吕菲乌斯再度返回弗豪城,并于1649年迎娶当地女性罗西纳(Rosine Deutschländer)为妻。在此期间,他结识了泰克斯托。

② 格吕菲乌斯的幼女安娜·罗西纳(Anna Rosina)在五岁时因小儿麻痹症去世。

所以大家都能肯定我曾经预言的比我讲述的多。

但这些事情，正如我所说的，可以留待您的判断。因您不仅博览群书，而且，可以肯定的是，您对那些最崇高和最开明的君主委托于您的正派和照料的书籍的关注，已经超过了足够的时间，君主借此把他的一部分职责移交给您。

万福，请您赞成恳求者为了公共的福祉和个人的利益提出的请求，也承认这篇关于国王被其臣民以卑鄙的阴谋推翻的最正义的作品。愿那最尊贵的君主以及公国的最高统治者和法官——上帝，让您拥有长期的幸福，深深地奉献给你最高贵的灵魂。

安德烈亚斯·格吕菲乌斯

格洛古夫，1663年1月13日

克伦威尔墓铭

驻足吧，漫游者，
若你能忍受，
停留于暴君的墓旁，
他一声令下，
大不列颠的版图分崩离析。
巨人之岛的王侯相继陷落。
恩典之碑从最深处被猝然推倒。
不要讶异于这桀骜不驯的面容。
傲慢自负本就偏爱不羁之人。
还有他的右拳让权杖和王冠，
还有安全本身都屈服于刀剑之下，
他的遗骸也拒绝适可而止。
他在此——或曾在此。

我不知，此人在这石碑之下是否能够抑或愿意安息，
这位在世时未曾在任何时刻、任何地点安歇片刻的人，
这位总是恶毒凶狠，迫切渴望挑起一切事端的人，
　　奥利弗·克伦威尔。
凭借罪行封爵的英格兰人，
道德败坏之人中最恶毒的，
仅凭中等水平的受教程度，
竟在国内到处为非作歹。

迄今为止,他在给颤抖的公众带来毁灭的同时,
一旦他成为一个浪子,
便会通过用继承的财富武装的贫穷,
用镰刀收割陌生的国王的果实。
在岛国上的乌合之众四处暴起时,
他与包藏祸心的团伙们结成同盟,
竟胆敢反抗紫衣,
这根据法律本该被保卫的紫衣。
只因他极其无耻的要求和计划侥幸进展顺利,
他就被其跟随者视为受命运眷顾的聪明人,
而实际上他却是动摇国本者。
因他作为独立派领袖,
无法同时攻击所有的首领,
他便只攻击那令所有首领听命之人。
甚至还以一种全新的暴行,
即有罪之徒控告无罪之人,
被告要对国王宣判。

本该臣服的奴隶要用刀剑征服他的主人。
由此他得称国家的保卫者,
或曰他在面具遮掩下如此自称更为合适。
他将暴行与虔诚混为一谈,
赋予毒药以解药之名,
将橄榄枝与刀剑相提并论,
使司法与暴政等量齐观,

用血石而非白石①来点缀生命中本该更快乐的日子。
他判决了所有抛头颅、洒热血之人,
在这接二连三的罪行中,
有一件有史以来最为罕见之事,
即他坐在查理的王位上,
将国王的尊严,
和那永恒属于紫衣的,
以永不止息的残暴方式践踏于尘埃之中。
他让合法的王位继承人毫无尊严地四处流亡,
被国家那些妄称的王权
和蒙面的帝国演员们包围。
不少基督教的王侯们,
即使未向他表示祝贺,他似乎也视其为盟友。
他目睹无数的密谋,
计划为了那被谋杀的国王,
用他这个无耻之徒的鲜血进行献祭,
最终却都像闪电一般消逝。

在他如愿以偿地解决了事情以后,
他便,从面前这般景象显而易见地,
在安定的良心中,
带着对更美好生活的祈愿,
也无疑让许多人长舒一口气地,
咽下了自己最后一口气。

---

① 白石象征宽恕、赦免和无罪。在古代色雷斯人(Thranker)的文化中,白石用来纪念喜事。

走吧,漫游者,
惊异于人类的悲剧吧,
并学会尊敬君主的秩序。
在此之外,
别探寻事件隐秘的缘由,
别探寻神力的超俗之言,
而不如在无言的惊恐中扼腕叹息:
国王死于谋杀暴行,僭主却得以善终。

皇帝陛下的皇家顾问[1]

---

[1] 格吕菲乌斯将这首墓志铭记在了其友人克里斯蒂安·霍夫曼·冯·豪夫曼斯瓦尔道(Christian Hofmann von Hofmanswaldau)名下,豪夫曼斯瓦尔道自1657年起担任布雷斯劳(Breslau)的议员,并于同年获得皇家顾问的头衔。

人物表

有念白的人物

玛丽·斯图亚特的魂灵　苏格兰女王

托马斯·温特沃斯的魂灵　第一代斯特拉福德伯爵,爱尔兰总督

威廉·劳德的魂灵　坎特伯雷大主教

查理·斯图亚特　大不列颠国王

伊丽莎白　查理·斯图亚特之女

亨利　格洛斯特公爵,查理·斯图亚特之子

居克逊　伦敦主教

普法尔茨选帝侯的内廷总监

托马斯·费尔法克斯　英格兰军队统帅

托马斯·费尔法克斯的妻子

侍奉费尔法克斯夫人的宫廷侍童

奥利弗·克伦威尔　护国公

苏格兰遣使

荷兰遣使

两位英格兰伯爵

马蒂亚斯·汤姆林森　军官

弗朗茨·哈克尔　军官

另外两位军官

丹尼尔·阿克斯特尔　军官

胡果·彼得　神职人员,"独立派"的发起者兼军官

威廉·休利特　军官,斩首查理一世的刽子手
珀勒　审判国王的法官
复仇

无念白的人物

若干侍奉国王的贵族
城市少女和王公贵族小姐
统帅护卫
遣使侍从
随复仇而来的战争、异端、鼠疫、死亡、饥荒、争端、恐惧与自杀
蒙面的多里斯诺斯
在幻象中现身的查理二世及臣服于他的下属们
布拉德肖、艾尔顿、克伦威尔的尸体
斩首胡果·彼得等人的刽子手
被弑的英格兰国王魂灵的合唱
赛壬、礼拜仪式中英格兰妇女与少女、宗教与异端的合唱

地点:伦敦及宫廷
时间:始于午夜,终于午后三时①

---

① 据基督福音载,最后的晚餐结束后,耶稣于午夜被捕,于上午九时被钉上十字架。从午正(正午十二时)至申初(下午三时)遍地黑暗,耶稣于申初时刻断气。本剧的时间遵照和效仿了耶稣受难,寓意将查理·斯图亚特与耶稣进行对照,体现殉道剧的特点。

第一幕*

第一场

人物：费尔法克斯将军①的夫人

提要：费尔法克斯夫人独白，向上帝诉说当前局势，痛斥革命叛军，愿为营救国王奋力一搏。

费尔法克斯夫人
　　上帝，最后一夜降临。
　　正如人们所见，国王虽身陷囹圄，
　　却仍一息尚存，明日那可鄙的一击落下，
　　要让最虔敬的君主身首异处，

---

* 第一幕由四场和幕间合唱组成。国王被处决的前一夜，费尔法克斯将军及其夫人商讨营救计划，就是否营救国王、如何营救国王展开了讨论，而以彼得为首的叛军则谋划着第二天如何处决国王。在幕间合唱中，被弑的英格兰国王魂灵控诉暴徒的不义审判，哀悼即将发生的惨剧。

① 托马斯·费尔法克斯（Thomas Fairfax），生于1612年，卒于1671年，英国内战时期议会军统帅。就对国王营救计划的描述，格吕菲乌斯参考了比萨乔尼伯爵所著《历史》（Historia），此书详尽记载了费尔法克斯夫妇商讨营救的谈话。在最初创作费尔法克斯这一人物时，格吕菲乌斯曾将他的营救计划视为一种阳奉阴违的诡计，但在阅读了比萨乔尼伯爵和泽森（Zesen）的史书后，他改变了对这一历史人物的看法，并对人物塑造进行了大幅修改。在此幕中费尔法克斯以懊悔的革命军及正统思想的拥护者形象出现，但其是否真正采取了救援行动，此幕尚不明确。但是，可以肯定的是，费尔法克斯是保皇派人士的希望。在历史上，费尔法克斯曾被克伦威尔有意边缘化，甚至遭到软禁，但他拒绝了用两万士兵营救国王的计划，以避免无谓的流血牺牲。

5　　　　这一击会让王冠、权杖、王国与宝座分崩离析吗?
　　　　　会让这受惊的世界因他的跌落而震颤不已吗?
　　　　　所有人都撒手不管了吗? 无人反抗吗?
　　　　　难道查理竟要如此屈辱地死在自己的城堡前吗?
　　　　　时运是多么容易改变与扭转,只需一场令人唾弃的死亡,
10　　　　灵魂和头颅便再无庇护。
　　　　　你们这些统治者与创造者,颤抖吧! 为这场悲剧颤抖!
　　　　　那个曾使阿尔比恩①匍匐于脚边之人,
　　　　　如今却要在他的首都上断头台,
　　　　　跪倒在卑鄙的刽子手的脚边!
15　　　　那个曾令所有人俯首称臣之人,
　　　　　如今却被残暴地逮捕、审判,在他的世袭宫殿前被斩首!
　　　　　无人施以援手! 国家已经倾覆,
　　　　　泱泱大国哀恸不已,可叹勇气早已大挫!
　　　　　巨大的恐惧将一切生灵攫住,
20　　　　不列颠的国王只身立于阿尔比恩!
　　　　　好啊! 既然你们男人个个失魂落魄,
　　　　　我这个弱小的女人愿放手一搏,
　　　　　去做时机、同情、忠诚、正义、美德与无辜所要求之事。
　　　　　君主之主啊!② 请鼓舞我的灵魂,
25　　　　唤醒我的理智,予我双唇妙语,
　　　　　赐我心灵阳光,使我小心避免巨礁,
　　　　　即便偶尔也需屈服,
　　　　　亦能穿过风暴抵达理想的国度。

---

　　① 阿尔比恩(Albion),大不列颠岛的旧称,包括英格兰及苏格兰两个地区。本剧中,阿尔比恩也常常仅指代英格兰。
　　② "君主之主"指上帝,如同"万王之王",是格吕菲乌斯常用的表达方式。

我丈夫两位忠诚的随从,
已与我坦诚结盟,并接受我的提议。 30
若我的丈夫亦赞同我,
行动立刻执行,国王重获自由。
我因而维护了我们的福祉与不列颠的荣耀。
必将名垂青史,万古流芳。
那些如今犹豫不决、不费心劳力之人, 35
将在风暴过后,妒忌我的壮举,
眼红我的声誉,妄图以忠诚将其超越,
将在苍穹爆裂时,表现得更坚决,试图——

第二场

人物:费尔法克斯夫妇

提要:费尔法克斯将军及其夫人会面,费尔法克斯夫人请求并说服费尔法克斯将军营救国王,费尔法克斯将军内心动摇,最终向夫人许诺营救。

费尔法克斯

你,我的光①怎会独自在这儿?

费尔法克斯夫人

我的慰藉,宾客们怎已然离去? 40

费尔法克斯

我的天使!天色已迟!何况你也知道,明天我们将面对怎样的烦忧。

---

① 原文中意为"她,我的光"(sie, mein Licht)。"她"与"我的光"均指对话人费尔法克斯夫人,运用第三人称指代对话人是巴洛克时期的常用修辞手法。为符合中文用语习惯便于读者理解,译文均采用第二人称。

费尔法克斯夫人

　　明日早晨我必将见证你新的荣耀!

费尔法克斯

　　亦是为了你的荣耀,我的慰藉。

费尔法克斯夫人

　　千真万确,我聆听新的荣誉,

45　　你的美德是我的福祉的唯一仰仗,

　　只要人类尚存,你的盛名将永垂不朽。

　　他①牢牢稳固国家的法律。

　　他使因内战而几近殆尽的羸弱国度

　　摆脱了恐惧。

50　　后世会知晓他的勤勉,

　　是他统一了两个国度,②

　　用力量更是用理智带来国泰安宁。

　　他看见有人向他高举刀剑,非囚即死。

　　民众碾作尘土,

55　　西方北方带着新的战火压迫而来。

费尔法克斯

　　整个舰队听从我们的指挥,斯图亚特的军队已分崩离析。

费尔法克斯夫人

　　整个阿尔比恩都会承认,你的义举——

费尔法克斯

　　在如此混乱之事上,难以如愿以偿。

---

　　① 即国王查理·斯图亚特,费尔法克斯夫人高度赞扬国王,称颂他的丰功伟绩,以劝说夫君营救国王,属于君王颂的范畴。

　　② 两个国度即指英格兰和苏格兰。

费尔法克斯夫人

  世上还有什么更能让我满意呢？

  我，因你的光芒而在世界面前闪耀， 60

  我，在圣洁的婚姻中被伟大的费尔法克斯深爱着，

  我，唯一获得了你的灵魂，

  我，因你而将不列颠的荣耀纳入胸怀，

  除了你之外，我自己与世界与所有的一切岂不都糟透了？

费尔法克斯

  我的光，你崇高的灵魂与尊贵的感官， 65

  赛过玫瑰与百合的躯干。

  在你身上，我一直感受到新的激情，

  永远令我魂牵梦萦。

  在你身上，我得见上帝能赐予人的最高贵的一切。

费尔法克斯夫人

  我愿放弃命运赐我的一切恩惠， 70

  只要上帝垂怜让我与这无人可及的英雄成婚。

  如今这位英雄选择了我，

  也无可比拟地深爱着我这颗与他相连的心。

费尔法克斯

  一颗永远愿意去爱的心。

费尔法克斯夫人

  亦十分愿意去获得新的荣耀（请允我直言）。 75

费尔法克斯

  我的天使！你总是力求改变尘埃落定之事。

费尔法克斯夫人
　　我知道,我的生命①不会拒绝我的任何请求。
费尔法克斯
　　我宁愿忍受刀剑、折磨与残暴的死亡,也不愿拒绝你。
费尔法克斯夫人
　　我坚信你的宠爱,愿向你展示
80　　万时之时以永不堵塞之耳,
　　在盛大的呼唤中聆听到的赞美。
　　我的光!我呼唤你登上最高荣誉之巅。
费尔法克斯
　　高贵的灵魂,我知道你洞察世事,
　　亦早已提出袭击妙计。
85　　你已表达你心之所愿。我已听明,不会拒绝。
费尔法克斯夫人
　　你离无上的盛赞仅一步之遥。
　　我请求你的勇气:是为非同寻常的勇气。
　　我的夫君能够比最英勇无畏之人更无畏吗?
费尔法克斯
　　我应如何证明我的勇气?
费尔法克斯夫人
90　　你应宽恕、称赞我们,予我们恩惠。
费尔法克斯
　　宽恕与恩惠?我的心肝,怎么?我难道缺少宽恕与恩惠吗?
费尔法克斯夫人
　　现在!请你设想国王的审判当前。

―――――――――

　　① "我的生命"指费尔法克斯,同上文"我的光""我的慰藉",均是费尔法克斯夫人对夫君的赞美之词。

是时候了,你应适当减缓你的恐惧。

是时候了,去解开镣铐、破开大牢。

机会不是把一切都交到了国王手中吗? 95

如若轻易放弃了今日之机,

你就错失了为过往奉献珍贵美德的机会,将永远一败涂地。

我的光,你为何如此震惊?当你在凯利顿①时,难道未曾许诺——

费尔法克斯

啊我的心肝!你在说些什么!

这建议足以让我们二人永远覆灭。 100

我的慰藉,你不再爱我了吗?我应该这样相信吗?

那这足以掠去我的灵魂。

如你一直以来行事,若遂你心意,

泛滥的追逐名誉之心会招致难以想象的后果,

使我身首异处,使你堕入苦海。 105

我该怎么做?当下可不容戏言。

一旦国王重获自由,

那曾囚禁他的监牢,便成我的。

在为他搭起的断头台上,

便是我,而非他,血流如注,身首异处。 110

因此,我的光,请打消袭击的念头,

如若你心里还留有对我的眷顾。

请相信,我不愿拒绝你说的一切,

我只是不愿磨利架在我脖子上的斧头。

请相信,我并非过分在意我自身的福祉, 115

但你的生命与幸福对我而言不可出卖。

---

① 凯利顿(Calidon),苏格兰的别称。

就算我将你从我的灵魂中剥离，
让这可怖的审判仅仅落在我与我的灵魂之上，
难道时时伴我左右的军队力量
120　　不会迅速出击反抗吗？
难道克伦威尔不会煽动城市、疆土与国家反抗我吗？
难道下院不会强烈反对吗？
我的光！你的建议自有它的荣耀，
但是别总做那些看似光鲜美好的事。

费尔法克斯夫人
125　　似乎是我并未解释清楚自己的意图，
似乎是你情急之下听漏了我深思熟虑后的追求。
（在操劳的灵魂思索之时，
言语总会轻易消逝。）
我的夫君，你未注意我所请求的目的。

费尔法克斯
130　　我知道，你的决心是出于你高尚的品行。

费尔法克斯夫人
我的夫君，这不是你应该斟酌的。
请想想我的话，一切都顺理成章。
是时候了，你应适当减缓你的恐惧。
我请求你的恩宠，但只是适度的恩宠。
135　　他损害了国家的福祉与议院的法律，
他用残暴的战争扰乱了不列颠的安宁，
他不配继续掌管刀剑与王国权杖。
就这样吧！我承认，他理应命丧黄泉。
我的心，这太难以承受了，这——

费尔法克斯
140　　好！我理解了我的理智尚未明晰之处，和我的天使所求的目标。

费尔法克斯夫人

　　我请求一件你能轻易做到的事。

费尔法克斯

　　饶国王一命？

费尔法克斯夫人

　　正是。但亦不能让他东山再起，针对王国或打击我们。

费尔法克斯

　　我明白你的意思。你希望查理在长期监禁中逝去？

　　啊，心肝啊！这对于尊贵之人太过艰难！　　　　　　　　　145

　　难道你认为斯图亚特会赞许你这一请求吗？

　　决不！如此一个远离尘世的灵魂，

　　不会为任何人效劳，它在天空飘荡游走，

　　会嘲笑最暴虐的死亡，身受束缚也毫不畏缩。

　　斩首斧将为他的荣誉加冕，镣铐却只会增添他的耻辱。　　150

　　我向你保证，查理会亲吻他的终局，

　　他会选择迅速死亡而非长久受苦，

　　没什么比牢狱、守卫与镣铐更令他难以承受，

　　你所追求的恩典不会改善他的处境，

　　反而增添他的困苦！唉！谁若满怀同情，　　　　　　　　155

　　便能明白国王如今所愿！

费尔法克斯夫人

　　让查理在牢狱中痛苦蒙羞，

　　让他被曾为他效劳之人蔑视，

　　这绝非我的意图。谁若像被埋葬了一般枯坐，

　　便如行尸走骨。他听见对他的挖苦，　　　　　　　　　　160

　　他感受别人的嘲讽，他叹息自己失去的，

　　似乎他是为永远受苦才得以降生。

费尔法克斯

　　所以你有何建议以改善他的境况?

费尔法克斯夫人

　　让人护送他出海前往邻国。

费尔法克斯

165　　心肝,这是为何! 让他逃离我们从而开始新的复仇吗?

费尔法克斯夫人

　　他如今失势获得我们的恩惠,日后亦将赐予我们恩惠。

费尔法克斯

　　他会重新认识谁是友人,谁是敌人?

费尔法克斯夫人

　　他会看看现在谁的铠甲在为他效力。

费尔法克斯

　　可星星之火,却能燎原。

费尔法克斯夫人

170　　大势已去,他已是强弩之末! 既无朋友,也无办法!

费尔法克斯

　　众所周知,覆辙可能重蹈。

费尔法克斯夫人

　　难道阿尔比恩曾被敌人从外部入侵?

费尔法克斯

　　伊比利亚①不是就曾攻占广阔的海域吗?

费尔法克斯夫人

　　伊比利亚不是被我们的力量震慑而退却了吗?②

---

① 伊比利亚(Iberien),指西班牙。
② 指1588年西班牙国王腓力二世派出西班牙无敌舰队征战英格兰,被英军击退并损失惨重。由此西班牙海军力量一蹶不振。

费尔法克斯

难道要我就这样忽视整个王国的安宁? 175

费尔法克斯夫人

你要用你的力量来维护王国安稳。

费尔法克斯

唉,惟愿你我不会因此遭殃!

费尔法克斯夫人

你会凭借效忠的军队之力保护你我。

费尔法克斯

此事确为奇特,令我不得不有所疑虑。

费尔法克斯夫人

对重视善行与勇气之人而言,却并非如此。 180

费尔法克斯

英勇属于学校里的青年们。

费尔法克斯夫人

谅解你的敌人!这是最美最崇高的品德。①

费尔法克斯

我的敌人并非斯图亚特,如今他也无法与我相较。

费尔法克斯夫人

我的慰藉,难道你愿看到他那备受凌辱的尸身吗?

费尔法克斯

你可知道,我从未参与过这审判? 185

费尔法克斯夫人

谁未阻止此事,便已经毁灭了权杖。

---

① 此处费尔法克斯夫人援引基督福音劝慰夫君。参见《以弗所书》4章32节:"你们要以恩慈相待,心存慈怜,彼此饶恕,正如神在基督里饶恕了你们一样。"

费尔法克斯
　　宣判之后,大军仍在商议救援计划。
费尔法克斯夫人
　　我保证,你选择救援绝不会成为耻辱。
费尔法克斯
　　谁要推翻此事,必须鼓足勇气。
费尔法克斯夫人
190　　请你想想耶稣的话,宽恕别人,如同别人宽恕我们。
　　我的慰藉!谨记这最高的教诲吧!
　　我的光,若你的心现已不向主、我和国王敞开,
　　你要如何继续忠诚于那至高神圣的权力?
　　要如何祈求恩典呢?
195　　但国王的救赎并非我最高的目标,
　　我想要的是保存他的声望与名誉。
　　我的心,
　　愿你得赐世界对你英勇的赞扬,
　　在国王被逐下王座,身陷囹圄时,
200　　你能英勇地释放国王,使他免于沉重的死亡。
　　那曾伤害我们的人,
　　因这英勇而脱离耻辱、嘲讽和墓穴,获得全新的自由。
　　我们要听闻所未闻之事,
　　我们要做史无前例之事。
205　　我的慰藉!(跪倒在费尔法克斯面前)请看看匍匐在你脚下的我,
　　我愿将我的脸庞紧紧贴着大地:
　　只要这样的祈求方式能打消你的疑虑,
　　使你别无异心,不再顾忌其他。
　　但仍有不足,只能通过这些行动,

哦,才足以撼动英雄之花的思索。

你的妻子跪倒在地。(再次下跪,费尔法克斯将她扶起。)①

请你赐予我这一天,让我——

费尔法克斯

我的生命!为何?

你认为,我如今已忘乎所以,若能采纳建议,想必好极!

但若我违背了你的愿望做事,这也不无可能,

那我也就不值得你的崇敬与宠爱。

但时间紧迫,此时又能依靠谁?

我不相信克伦威尔、亨克及哈克尔。②

四支军队已被任命要押送查理赴刑场。

费尔法克斯夫人

你先将菲尔、亨克及哈克尔放在一边。

你的贴身将领不能竭力效劳吗?

费尔法克斯

有两三位下属会完全支持我。

费尔法克斯夫人

等等看我们今天的两位访客怎么说。

费尔法克斯

(倘若他们与我们意见一致,)也不是没有成果。

---

① 向人下跪的举措实际上是不合时宜的,因它违反了谦卑戒律(Demutsgebot)。费尔法克斯夫人两次向丈夫下跪,请求营救国王,体现出她的迫切。

② 奥利弗·克伦威尔(Oliver Cromwell),生于1599年,卒于1658年,独立派首领,发动内战,解散国会,逼迫君主退位并判决查理一世死刑,后出任护国公,成为英国实际的军事独裁者。亨克(Hunck)、哈克尔(Hacker)及下文出现的罗伯特·菲尔(Robert Phayre)是执行查理一世逮捕令的三名军官,均属于弑君者的行列。

费尔法克斯夫人

225　与他们磋商难道会有什么损失？

费尔法克斯

清晨是行动的好时机。

费尔法克斯夫人

唉,惟愿他们亦同意参与计划！

费尔法克斯

那就按计划行动。

费尔法克斯夫人

哦,至高的幸运啊！我的夫君,你不会只是用言语来抚慰我吧？

费尔法克斯

230　怎么会？难道你认为我会欺骗我的天使吗？

费尔法克斯夫人

不！只是巨大的恐惧总跟在巨大的希望之后。

费尔法克斯

我用嘴唇承诺的,会用拳头来同你保证。

请跟随我！我要去休息片刻,已经很晚了——

第三场

人物：费尔法克斯夫人(独自一人)

提要：费尔法克斯夫人的独白,她祈祷夫君的营救计划能顺利实施。

费尔法克斯夫人

哦时间啊！时光飞逝！君王得到救赎的一天来临了,

235　葡萄牙因公主的勇气而殊死抵抗。

她温暖了夫君因恐惧而冰冷的鲜血,
她说服了她的夫君登上王座,
使他如今仍能向全世界展示他王袍加身。①
我用我的温柔冷却了熊熊燃烧的怒火。
我也拯救被分裂的王座、荣誉与头颅。 240
若上帝愿赐予他所失去的东西……
尽管如此!我的灵魂打住吧!我不该多虑。②
如今他能苟全性命,
如愿逃脱残忍的暴行便已足够。
我虽能明确向夫君坦言谁可为我们所用, 245
却会在那些因如此秘密的决议
而联合起来的人心中引起猜忌,
从而令我纯洁的心灵遭到怀疑,
因为大多数人难以想象,
如何单凭美德就将陌生人俘获。 250
因此最好是我的夫君来负责这一行动,
他的理智与灵魂将按照我的目标行事。

---

① 此处引用历史典故。1640 年,葡萄牙布拉干萨公爵在其妻子的推动下带领葡萄牙人民进行反抗,使葡萄牙摆脱了西班牙的统治。布拉干萨公爵被立为新国王,称为若昂四世(Johann IV)。

② 下文中,费尔法克斯夫人影射时局对女性的误解,即总将女性设想为引诱他人的、魅惑而冲动的形象。

第四场

人物：胡果·彼得①、威廉·休利特、丹尼尔·阿克斯特尔②

提要：叛军代表彼得、休利特与阿克斯特尔会面，商量如何处决国王，保证处决计划万无一失并达到当众羞辱国王的效果。

彼得

　　我将在整个阿尔比恩建立最高的功绩。
　　我将用上帝的正义之斧平息这场长久的纷争，
255　我将成为对抗我们这位亚甲的撒母耳。③
　　我拯救了基督的教会，保护了大众。
　　我这神圣的拳头！我会让凶手鲜血四溅，
　　将国家最高的背叛者辗在脚下。
　　雷暴之后会升腾起安宁与欢愉，
260　我的荣耀在天上与日同辉。

阿克斯特尔

　　议会亦与此次行动紧密相关，

---

①　胡果·彼得是内战时期"独立派"（The Independent）的领袖与神职人员，克伦威尔的盟友，在内战前他流亡海外，先后至德意志、鹿特丹和美国，而后被派遣回国，教唆民众挑起战争。因其参与谋反、审判国王并策划弑君，在查理二世复辟后，他被判处死刑并被斩首。

②　威廉·休利特（William Hewlet）与丹尼尔·阿克斯特尔（Daniel Axtel）是英国内战时期独立派军官，参与密谋审判国王以及弑君的行动。

③　在《撒母耳记·上》第十五章中，扫罗（Saul）奉耶和华之命要彻底消灭亚玛力人（Amalekiter）。他奉命杀尽了亚玛力的百姓，但出于怜惜只是生擒了亚玛力国王亚甲（Agag）。撒母耳（Samuel）斥责扫罗对耶和华不顺从，并处决了亚甲。彼得此处引用此典故，旨在说明查理之死是上帝意志的实现。

并两次嘉奖你五十镑作为奖赏，①
　　爱尔兰的人们也心悦于你，
　　若那有荣誉之位空缺，它必将归属于你。

休利特

　　我不缺乏勇气，亦不缺乏武力，　　　　　　　　　　　　265
　　内心的欲望促使我完成这崇高的事业。
　　能在国家、教会、民众面前，
　　在这场国王赎罪的献祭中成为大祭司，我深感荣幸。②
　　希冀之光破晓吧！向不列颠复仇，
　　证明国王的罪行。　　　　　　　　　　　　　　　　270
　　统治随斯图亚特可怜的尸身一同覆灭。
　　如此参天大树竟被一击而溃。

彼得

　　要想一举成功，使他倒台，
　　仍需思索我们如何消磨斯图亚特的傲气，
　　万一他以武力反抗刑罚，　　　　　　　　　　　　275
　　甚至抢下斩首斧，伤害他人。

阿克斯特尔

　　这断头台难道没被武力包围？
　　他怎能抬眼看我们，而不是立刻——

彼得

　　朋友，这正是我所担心的。

---

① 此处隐喻了犹大出卖耶稣、获得银币奖赏的故事。
② 据福音书载，大祭司应对耶稣被钉上十字架负责。

280 　　万一他怒火冲天，从看台上绝望地冲向人群，
　　　　那他就是在战斗中死去。
　　　　但我们本应该用砍头的耻辱来加剧死亡的苦涩。这才是我的目的。
　　阿克斯特尔
　　　　思虑甚是周全！
　　休利特
　　　　应在断头台下安排一位挑选好的士兵。
285 　　给他配备匕首，(一旦我动动脚)就能立刻助我。
　　彼得
　　　　你没能明白我的意思！
　　　　若他被匕首刺死，审判就遭到了损害！
　　　　我们要砍他的头。这是我们的共识。
　　休利特
　　　　若他不愿下跪，那就逼他下跪！
290 　　我们按住他的胳膊和脑袋，让他无法反抗。
　　阿克斯特尔
　　　　你们要知道，当闪着寒芒的斧头挥向袒露的脖颈，
　　　　没人会在癫狂中坐以待毙。
　　彼得
　　　　让人准备好手铐与脚镣，
　　　　一旦有这种情况，就把他困住，用链子锁在刑架上，
295 　　只要能让他的血在分尸后从心脏和四肢流出，
　　　　再多的责骂也不痛不痒。
　　休利特
　　　　我认为不如这样：
　　　　若有情况发生，就派暗卫把他抓住，
　　　　让他们戴上头盔，脸就免了好奇目光的打量。

彼得

　　断头台应设得再低一些。

阿克斯特尔

　　才能更好地展示他跌得多惨。①

彼得

　　才能让他好好尝尝自己应得的死亡苦酒。

　　一切已安排妥当！待今夜一过,你俩立刻到我这来。

休利特

　　王座由此坍塌破碎。

英格兰被弑君王的合唱

提要: 英格兰昔日被弑的君王齐聚合唱,见证斯图亚特作为君主被奴仆告上法庭,控诉不列颠土地上正义的缺席。

第一合唱

　　这残酷的瘟疫,

　　将教会、家庭与整个国家化为乌有。

　　暴乱,这地狱的化身,②

　　如今浪里翻血,

　　尸横遍野,

　　国土萧瑟,

　　它竟妄图在内战之后

---

① 国王在短时间内时运逆转,从高处猝然跌下,君主的倒台最能体现悲剧性,时运骤变也同样表现出巴洛克人生无常、人世虚空(Vanitas)的主题。

② 路西法是第一个反叛者,他试图将自己与上帝相提并论。

在斯图亚特不幸的刑场上获胜。

第一对唱

阿尔比恩,谁让你发狂?

让国王的鲜血喷溅于国土之上?

315 挥下绝妙一刀,

你要自取灭亡?

你为查理磨快的斧头,

必会威胁你自身存亡。

在我们伤痕累累后,

320 你们弑君者是否觉得安详?

第一终曲

主啊,是你任命君主代理你的职位,

你还要观望多久?

难道我们的遭遇不是损害了你神圣的权力①?

你还要昏睡多久?

第二合唱

325 确实如此!若君王亵渎了你,

你有各种方法,

用人的不公来实现你的公正,②

你那永恒的公正必得装点。

难道竟要让这混乱的国度

330 因国王的尸首而精神焕发?

难道允许他们随意实施谋杀,

押着涂膏油之人上法庭吗?

---

① 君权神授,君主的权力由上帝赋予,只有上帝才有权审判国王。
② 利普修斯(Justus Lipsius)在《论恒》(De Constantia)中已有类似的观点,即上帝也会以恶的方式来实现善。

第二对唱

    国王在盲目的法庭上被审判!

    奴仆跳到主子们头上发言!

    臣属犯的罪过,   335

    要拿君主的死来复仇。

    而君主最大的罪过,

    莫过于他有太多的忍耐!

    难道这也能被粉饰成善行?

    这明明是在羞辱公正和神!   340

第二终曲

    海洋、天空、空气和大地都谋划着对付你,

    被迷惑了的不列颠!

    惩罚已经开始!你失去了头颅,

    要在沙堆里跌跌撞撞!

第三合唱

    哎!你这岛国比你的大海更粗暴!   345

    你用伪誓联结谋杀者的队伍,

    派遣他们

    去取你们王侯的性命。

    谁不是在承受酸涩的讥讽后,

    被刀剑、箭镞与毒药赶下宝座?   350

    唯一新鲜的是:如今竟有绝妙的手法

    去将忒弥斯女神的审判之斧亵渎。①

第三对唱

    在新的恶行之上,

---

① 忒弥斯(Themis),希腊神话中十二泰坦巨神之一,是法律与正义的象征。

又添闻所未闻的惩罚之苦。
355 战争、地震、时疫、腐坏的空气，
都不及你的毒药。
受冤之人因你而倒下，
什么才能消解你对他的谋杀暴行，
只有你的毁灭。
360 谁能逃脱至高者的拳头？
第三终曲
魂灵退散！不列颠不是灵魂安息之所！
逃离这沉痛的审判！
你们这流泪的面容，
快避开这谋杀暴乱、这可怖地狱。

第二幕[*]

第一场

人物：斯特拉福德的魂灵①、劳德的魂灵②

提要：斯特拉福德和劳德的魂灵叙述英格兰陷入纷争和动乱的惨象，咒骂民众审判君主的暴行。

斯特拉福德

  走调的竖琴，③激动的咆哮，

  还有狮子的吼叫，充斥在耳畔和心间。

  没有了奇异光芒的百合，④

  必会在暴民残忍的足下被践踏为粪土。

----

* 第二幕由四场和塞壬合唱构成。这一幕中首先借诸魂灵之口，诉说不列颠如今的乱象，回顾不列颠残害君主的卑劣传统。而后查理一世首次登场，在临刑前的最后一夜同子女告别，准备好慷慨就义。

① 托马斯·温特沃斯（Thomas Wentworth, 1593—1641），第一代斯特拉福德伯爵。他在1632至1639年间管理爱尔兰，被召回英格兰后成为查理一世的重要谋臣，他试图壮大保皇派的力量以对抗议会。1640年，温特沃斯被长期议会判处叛国罪，查理一世最终被迫签署死亡判决书，温特沃斯于1641年被处死。

② 威廉·劳德（William Laud, 1573—1645），坎特伯雷的大主教，同斯特拉福德伯爵一样，是查理一世的重要谋臣。1640年，劳德被长期议会判处叛国罪，最终于1645年被处死。

③ 英国皇家徽章上的竖琴象征着爱尔兰王国。

④ 英国皇家徽章上，苏格兰的标志是百合图案包围的狮子。徽章的第四象限代表英格兰，有三头狮子和三朵百合，代表了英格兰对法国王位的主张。

5　　　将温特沃斯的魂灵召唤出来！万事万物的审判者！①
　　　　阿尔比恩现在要完全陷入地狱之喉中吗？
　　　　我的爱尔兰必须立于刺目的烈焰之中吗？
　　　　你要让不列颠毁灭在自己的鲜血之中吗？
　　　　这个狭小的国度，对于可憎的暴民、
10　　　内战和暴乱来说确实太过拥挤。
　　　　泰晤士河泛紫血的泡沫溅污了荒芜的国土，
　　　　祭坛和房舍之上，一切均被烈焰焚尽。
　　　　战鼓的回响，刺耳的军号，
　　　　叫喊的猖獗，持续的死亡，
15　　　尸体的腐臭，充斥在空中和海里，
　　　　穿过坟墓浓烟汇集的云层，
　　　　从这座墓穴中涌向星空。
　　　　我已经！主啊，我已经！当我选择结束生命，
　　　　为了那因复仇之念而叫嚣着索要我头颅的暴民们，
20　　　将自己献祭在这死刑架上、这粗暴的断头台上，
　　　　以及这斩首斧下时，
　　　　我未曾料到这极度的嫉恨和狂热的罪行。
　　　　我毫不犹豫双膝跪下，是你给了我力量，
　　　　你在世上最后的话语也是我的临终遗言：我宽恕。②
25　　　主啊，我的灵魂绝不因复仇而燃烧，
　　　　我还请求你，不必为我的事费神。
　　　　若我喷洒的鲜血必将在末日审判时复活，
　　　　那么别让这宣判落在任何人的脖颈之上。

---

①　万事万物的审判者，指上帝。
②　耶稣被钉上十字架时，恳求宽恕行刑者，参见《路加福音》23 章 34 节。此处也预先展示了查理受刑时的态度。

劳德

  是谁打破了这无比静寂的黑夜的安宁,

  还在夜晚呜咽?   30

  除我之外,还有人也为强烈的复仇之念驱使,

  从坟墓中破土而出吗?

  怎么会? 我好像看见你了。哦,温特沃斯! 你这英雄之花。

  不正是用你的鲜血才说明了

  人们希冀的安宁已从阿尔比恩驱逐这个道理吗? 35

  你的原告都得称你无罪,

  而被煽动的人群却想夺你性命,

  向那受冤者索要你的头颅。①

  我还能希冀谁赐我庇护和福祉呢?

  君主还稳坐王位时,你都已遭受雷击!   40

斯特拉福德

  谁以权杖作为支撑,信任君主的誓言,

  就会倒下,同我一样。可悲啊!

  世事难料,命运急转,一些人得赠王冠和权杖,

  另一些人却承受血腥的砍首和可鄙的坟墓!

  尊贵的陛下,②然而我并不抱怨你的忠诚,   45

  直至最后,你都充满关爱,毫无畏惧地为我的福祉慷慨陈词,

  为了挽救我这颗头颅,

  你什么没有尝试过? 即便最终无济于事。

  你的拳头将那判决书推拒了多久?

---

 ① 指议会逼迫查理一世签署斯特拉福德伯爵的死亡判决书。

 ② 指查理一世。

50　　　无耻的人群,发狂的怒吼,

　　　　轻浮的年轻人已经损害你的荣誉和权力,①

　　　　就在砍首斧落到我颈上之前。

劳德

　　　　人们至今所追寻的,终于在此刻显现。

　　　　王冠和主教冠被同一张嘴诅咒。

55　　　这个誓要推翻我们的人是谁?

　　　　他自己却接过了牧杖和权杖?

斯特拉福德

　　　　我不知对我的审判将如何落下,

　　　　但主将会继续试验这个世界,

　　　　一切都听祂的决定,对此我不再多说。

60　　　但有一件事我必须控诉,这是我死去的魂灵也无法释怀的:

　　　　一旦错误的嫉恨得以激化,

　　　　发作在受命运和阳光眷顾的人身上,

　　　　那么很快磨尖的箭矢就会插进他的心脏,因为暴民来了。

　　　　他不被打成叛徒,就必被打成异端。②

劳德

65　　　或通常两者皆是。

斯特拉福德

　　　　人们在教堂间传播此事,

---

① 当时,国王通过议会征收高额税收,引起手工业学徒等年轻人的强烈不满,他们时常聚集在议会或王宫门前参与暴乱。

② 叛徒和异端,是人们加诸斯特拉福德、劳德和查理一世的罪名。前两位被议会以叛国罪论处,查理一世则被认为是暴君和叛徒。此外,查理一世也被指控为异端,有证据表明他在内战中为了拉拢爱尔兰军队,甚至考虑允许天主教在英格兰存在。

教给布道坛无辜的愤怒。

人们在议会中窃窃私语,在全体集会上言辞激愤。

然后舌头更加自由,

它此前尚因混杂着羞耻、微弱的良心和些许敬畏而保持沉默。 70

然后人们尖声吼叫:抓住那个叛徒!

国家容忍异端,这多么耻辱!

快苏醒吧,正直的一切!

很快寒光一闪,他就必在刑场上流血。

人们不问缘由,他自己的声明毫无意义! 75

一切只关乎国家和上帝的权杖。

永远盲目的人民要向上帝和国王复仇,

要折断这无罪之人脆弱的脖颈。

他们认为自己妥善地安排了法律和诉讼,

当他们在贞洁的血液中冷却自己炽烈的热潮时;① 80

当他们嘲笑那些此前日夜护卫着他们、

如今却身处刑架、陷入死亡恐惧的人时;

当他们因他们的父的死亡,

而任性沦落到为外人效劳和巨大的困境中时。

劳德

说得不能更对,我们的倒下就是证明! 86

正是这雷电让你我一无所有。

当人们厌烦了监管,

还有什么不能置于白发之上?

人们将我羞辱,锁入监牢,

---

① "炽烈的热潮"在格吕菲乌斯的戏剧 *Cardenio und Celinde* 中被描述为所有暴怒之极。作者利用"炽烈"与"贞洁"的对比,将谋杀之欲划归到性欲的范畴。

以此损害教会权力,将其践踏为灰。
外人和民众都为我的不幸而欢呼,
这样他就能自己成为首领、牧人和主教。①
他们究竟是如何、如何得逞的?
锋利的斧子已穿透颈部,
人们用教会长老代替我们,
人们聋了耳朵,对他们言听计从。
这些曾遭排挤的如今却向众人传教,
他们捏造新的狂热,为其造势又将其打破。②
人群四处奔散,迷失在极大的困境中,
就像狼到来时,牧人和守卫却已死去。

斯特拉福德

然而我们的死也不得不作为可耻的诱饵。③
若人们对王冠和国王的密谋没有我的鲜血作支撑,
苏格兰的军队难道仍会出现在英格兰?
当鲜血从颈中流出,
凯利顿就真正结盟,亮出刀剑。

---

① 指英格兰的独立派。
② 指贵族式的主教教会与民主的清教徒(例如独立派)之间的宗教矛盾。
③ 劳德想要在苏格兰建立统一的英国国教,这引起苏格兰长老会的不满,长老会便联合苏格兰人反对劳德的计划。查理一世将斯特拉福德伯爵从爱尔兰召回,命他进行军事镇压,然而军事计划失败,苏格兰军队全面击溃英格兰军队,随后斯特拉福德伯爵遭到议会弹劾,并在 1641 年被砍头。而劳德大主教一直被关押在伦敦塔中,直到 1645 年才被砍头。当英国国会需要苏格兰帮助时,劳德就是引诱苏格兰军队再次进入英格兰的诱饵。1642 年,内战正式开始,议会军一开始不敌保皇党,便迅速同苏格兰军队结盟。当苏格兰军队到达后,人们则用劳德的鲜血来嘉奖他们的战绩。

主教，人们用你的囚禁作诱饵，
引他们再次回到北方，
然后人们就锁住你的头颅和咽喉，
要用神职人员的头颅来支付苏格兰的效劳。
尊贵的劳德，人们就像用加冕的酒杯饮酒一样， 110
饮你的鲜血作为苏格兰教会的强心剂，
如此教会财产就静静留在外人手中。①

劳德

我将遭遇什么！啊！要面对怎样的不幸？
连陛下自己都在锁链中哀叹。
人们搭起舞台，上演一出苦剧， 115
要让整个世界为之震颤？
我看见英格兰只住着野兽，
拿主教冠寻开心，王冠也难逃其害。
国王神圣的血液滴落在暴行的沙地，
他涂膏的头颅落在刽子手的手里。 120
悲惨的阿尔比恩！悲哉！悲哉！
难道我的魂灵必须显现，预言你的杀戮吗？
悲惨的阿尔比恩！悲哉！悲哉！看这岩石如此颤栗，
狂浪侵入，刑罚降临。
我看见硫磺雨落下，河流满是横尸， 125
看见兄弟的利剑插进兄弟的伤口，

---

① 查理一世和苏格兰的矛盾由来已久，其根源在于苏格兰教会财产的归属问题。在上一任国王詹姆士一世统治时期，修道院土地按照议会章程本该归于王室，却被各诸侯瓜分。久而久之，土地、十一税和教权等归于各诸侯便成为一种惯例。查理一世继位后想要从苏格兰贵族手中收回财产，结果引发了反抗。

　　　　看见荒芜的国度,颠倒的城市,
　　　　除了恐怖和荒凉一无所有。
斯特拉福德
　　　　不幸的国王啊,上天必会使你重振精神,
130　　你所祈求的帮助,上天也会赠予。
　　　　我悲惨的倒台对你真诚的心造成多少伤害,
　　　　你的灵魂就会得到多少恩宠作为补偿。
劳德
　　　　悲惨的阿尔比恩!悲惨的英格兰!悲哉!悲哉!
　　　　惩罚觉醒,要在冰冷的海上燃烧!
135　　那些不会经历这一天的人有福了!
　　　　在这风暴之前就死去的人有福了!
　　　　不如用砍头来结束这短暂的余生!
　　　　不如在害怕之前就挥洒这把鲜血!
　　　　这惩罚从上天降下,
140　　悲惨的阿尔比恩!啊,英格兰悲哉!悲哉!
斯特拉福德
　　　　天啊,难道沉重的打击还不足够!
　　　　难道应当用罪将罪洗净,用血将血洗净吗!
劳德
　　　　看这出悲剧如何急速地反转!
　　　　甚至军队统帅①都离开了被人蛊惑的部队。
145　　他的继任者②在国王的宝座上吹嘘,

---

　　① 指费尔法克斯,他本是英格兰的军队统帅。
　　② 指奥利弗·克伦威尔。

把继承权给了那不孝的儿子。①
即便用谋杀、诡计和刀剑为继承权作保也是徒劳,
因为僭主已在苦难中耗尽时日。
复仇显现,联盟破裂,②
名望同僭主的势力一起消亡。
虚假的王位和妄称的权杖③破碎,
暴君会失去自己装饰精美的坟墓。④
他腐臭的尸体要被斩杀。啊,国王!啊!
这里燃烧着的心脏,属于那些此刻因暴怒而没认出你的人。
看啊,温特沃斯!看斩首斧如何在这些人的身躯里发怒,⑤
这些违背国家法律和民众礼节,宣判国王死刑的人。
此前胆敢用我们的血逗乐的人,
要走向最后的痛苦。
而斯图亚特的后代繁荣昌盛。⑥

斯特拉福德

主啊,谁人不知你的判决是多么公正!你的审判是多么神圣?⑦

---

① 指奥利弗·克伦威尔的儿子理查德·克伦威尔,他在1657年被选定为接班人,却因畏难而被老克伦威尔责备。

② 影射军队1659年的分裂。克伦威尔在世时尚能够压制军队中的反对势力,在他1658年逝世后,他的儿子理查德很快被军队推翻下台。随后,蒙克(George Monck)指挥驻苏格兰的英军来到伦敦,最终促成了复辟。

③ 妄称的权杖影射1643年国会为了长老会而废除主教制的法令。

④ 即奥利弗·克伦威尔的坟墓。众所周知,克伦威尔死后不久便被掘墓,尸体也被拖出来斩首。

⑤ 劳德预言了反对国王的独立派人士的死亡,可以参见本剧第五幕珀勒的幻觉。

⑥ 预示查理二世被拥戴为王。

⑦ 温特沃斯的魂灵同国王的反对派一样,将国王的死解释为上帝的意志。

第二场

人物：玛丽·斯图亚特的魂灵①、查理(坐在床上)

提要：苏格兰女王玛丽的魂灵显现，控诉不列颠屠杀国王的血腥历史，虽然查理也难逃此劫，但审判国王的暴民终将血债血偿。

玛丽

  永远新鲜的血液，
  从血管中流出，染红了胸膛和亚麻布。
  永远崭新的源泉，
  从不堵塞，柔和地滴落在狂徒的国度。
165 而这亵渎的手早已习惯不断地沐浴在君主的血中，
  在国王的尸体上堆叠尸体，在杀戮上覆盖杀戮。
  人们此时悬在我们脖颈上的砍首斧，
  还将用斯图亚特家族的后人来磨快。
  我如何倒下，我儿子的儿子同样要承受。
170 佛斯里亨②所掩埋的暴行，如今被上千人看见。
  他的伦敦乐意看见，
  它(伦敦)无视伪证，侮辱上帝的涂膏者，
  可以虐待君主！

---

 ① 玛丽·斯图亚特(Maria Stuart，1542—1587)，苏格兰女王，因卷入刺杀英格兰及爱尔兰女王伊丽莎白的阴谋而被判处死刑。玛丽的儿子詹姆士一世是英格兰、苏格兰及爱尔兰的王。查理一世是詹姆士一世之子，玛丽的孙子。

 ② 佛斯里亨城堡，位于英格兰东部的北安普敦郡，是玛丽女王最后被关押和斩首的地点。

它让放肆的青年审判那些擢升国王和人民的人。
它用更可怕的罪孽将原罪取代,① 175
并视此事为一出喜剧将自己取悦。
这该死的一出戏!
人们看见毫无教养的人群就像疯狂的幼犬一样狂奔。②
一无所知且不可理喻的人,
从他们弑杀的喉咙中吼出:我们才不管什么王。 180
主啊!本该被枷锁驯服的人,
却敢叩问不列颠的法庭。③
谁想推动自己不光彩的事务,
就要开始施压,并强迫权杖本身。
若有人能听见,想要理性地对这出戏进行思考, 185
便去细细思索吧!在疯狂的暴力占据法官席时,
在愤怒的眼睛因这震惊世界的洪流而狂喜时,
法律是否仍能作出判决?
谁若不想放肆地推翻教会和信徒,
必被这洪流淹没。 190
不!倘若我们在英格兰掀起这场风波,
肆虐的浪潮让桅杆和缆绳动摇,
那人们要用君主的鲜血与野蛮的大海和解,
要用紫血河流来替翻起的泡沫加冕。
对于不列颠人来说,还有什么比国王的头颅更重要? 195

---

① 暴乱是源自路西法的原罪。
② "狂奔"的狗,象征着人们不受约束和控制的冲动。
③ 很可能指星室法庭(Court of Star Chamber),都铎王朝的特种法庭。查理一世在该法庭上确立的法律激起了民众的暴乱。

这就是岛国的方式!①

爱德华②因轻信她而丧生。

红脸威廉③在鲜血中染红、挣扎。

理查④被迅疾的羽箭射死。

约翰⑤中了修道院的毒药而死。

人们为取第二个爱德华⑥的性命还有什么没做的?

他放弃了国家,却仍然没保住不幸的生命。

理查二世⑦在饥饿中灭亡。

法国的首领亨利⑧被叛徒抓住,在塔楼里遭扼死。

---

① 此处引用了玛丽女王的原话。

② 爱德华(Eduardus II),中了继母艾尔芙瑞达(Alfreda)的诡计,被她的仆人杀死。参见波利多尔·弗吉尔(Polydor Vergil,约1470—1555)的《英国史》(Anglica historia,共27卷)第6卷。

③ 威廉二世(William II,1056—1100),绰号"红脸威廉"或"红发威廉"(Wilheim der Rote),在狩猎中被箭射中而死。参见上述《英国史》第10卷。

④ 理查一世(Richard Löwenherz,1157—1199),在利穆赞(Limosin,法国中部的大区)被有毒的箭射中而死。参见上述《英国史》第14卷。

⑤ 约翰,被人戏称为"无地王约翰"(Johann Ohneland,1167—1216),在熙笃会会士的修道院中因愤怒口不择言而招致祸端,一位僧人在他的酒中下毒。参见上述《英国史》第12卷。

⑥ 爱德华二世(Eduard II,1284—1327),他的一生十分悲惨,不仅被国家驱逐,被自己的夫人宣战,还在监牢里受尽虐待,最终被人从肛门插入烧红的铁叉杀死。参见上述《英国史》第18卷。

⑦ 理查二世(Richard II,1367—1400),他被迫让位于海因里希四世,之后在地牢中被杀害。参见上述《英国史》第20卷。在审判查理一世时,法官援引了这位暴君理查二世被废黜的例子,为审判查理辩护。

⑧ 亨利六世(Heinrich VI,1421—1471),被国家驱逐,然后被格洛斯特公爵理查在监狱中杀死。参见上述《英国史》第24章。

堂兄理查①用爱德华②的心脏磨快了刀, 205

但是还没坐上那空位,

就同样死在战争中了。

亨利八世的儿子③没发现毒药,立刻被毒死。

约翰娜④在哪?

这个向我们下达残酷决议的女人,⑤ 210

这个违背法律向王冠和贵族宣判的人,

她已经同意了多少次斩首?

诅咒那一天! 我作为王室子嗣降生的那天。

我诞下国王,也被国王选中,

要统治高卢,也掌管苏格兰, 215

阿尔比恩的女继承人竟以被告身份

出现在一群外来谋杀者面前。

他们作为奴仆竟胆敢坐在法官席上审判我们,

胆敢效仿任命和审判君主的神,⑥

要宣判至高无上的君主死刑。 220

许多更可怕的暴行将要发生,

---

① 理查三世(Richard III,1452—1485),在其兄长爱德华四世死后摄政,后在伦敦塔中谋杀了侄子爱德华五世从而成功夺权。

② 爱德华五世(Eduard V,1470—1483),被理查三世谋杀。

③ 爱德华六世(Eduard VI,1537—1553),亨利八世(Heinrich VIII,1491—1547)的儿子。有说法称他因不知名的毒药而死。

④ 约翰娜(Johanna Graja,Lady Jane Grey,1536/37—1554),她的母亲是亨利八世的妹妹。亨利八世之子爱德华六世死后,约翰娜继任为王,但她继承的合法性受到质疑,在位时间仅有短短数日。之后,亨利八世的女儿玛丽一世(Maria I,1516—1558)成为英格兰女王,下令将约翰娜斩首。

⑤ 伊丽莎白(Elisabeth I,1533—1608),她在1587年下令将玛丽·斯图亚特斩首。

⑥ 强调神权政治,君权神授,所以国王只能由上帝进行审判。

曾经，人们围观受尽折磨的夫人被砍头，
如今，这位受苏格兰和爱尔兰假面，受不列颠人宣誓的世袭君王，
却要被自己的人民嘲笑。

225　人们并非将隐秘的剑对准国王的胸膛，①
并非将罕见的毒药加入不知名的食物中，
并非在秘密的火焰中加入火棉，②
并非将不忠的船只推进愤怒的洪流，
并非用意料之外的刀剑捅穿他的心脏，
230　并非将他暗中带到可疑的地方，
而是理智地叛乱，他们任命法官，
他们用法律粉饰自己的双重谋杀。③
那曾向国王宣誓的人，现在拒绝让查理活着，
曾被查理擢升的人，现在却让查理倒台。
235　在臣仆曾恭迎他的地方，
人们放置了砍头的砧石，与查理的人民一同连成哀悼之环。
他，为了自己被压迫的国家敢于付出生命的代价，
却将要伏在刽子手④脚下，受国家审判。

---

① 历史上不乏国王被罢黜后遭到秘密谋杀的先例，下文则一一列举了谋杀君主的种种暴行。此时议会声称要给予查理一世公正，让百名以上贵族参加审判，以此表明审讯合法、公开。实际上，这不过是国王的反对派打着法律的幌子，为自己审判君主的行为辩护。

② 指发生于 1605 年的火药阴谋。由于天主教信仰在英格兰教会中日益边缘化，以盖伊·福克斯（Guy Fawkes）为首的英格兰天主教极端分子储备火药，试图炸毁议院并推翻国王，但计划最终没有实现。

③ 双重谋杀指国王同时是不列颠和爱尔兰的国王。也有说法认为，双重谋杀指对国王生命以及尊严的谋杀。

④ 实际上不是刽子手，而是一位上校。但其行为与刽子手并无二致，所以称其为刽子手也很合理。

在一击过后,
向众人展示自己被砍头的身躯。 240
然而!我的血脉,不要畏缩。
整个世界都将因你的恐惧而倾覆,而羞愧。
在泰坦①退却之地,赫利克②毁灭之地,
在晨曦女神褪色的光芒升起之地,
在世界变成永恒冰川之地, 245
依然会有人,因你的不幸而满怀哀叹地诉苦。
欧罗巴女神的衣裙被泪水浸湿,
尘世之人满怀崇敬缅怀你最终的受难。
而你,别动摇,要知道,当人脱离肉体时,
这里放置的便只有十字架。 250
整个国家很快会充斥着
将要以血还血的人群。

第三场

人物: 查理(坐在床上)、伦敦主教③、诸贵族侍从

提要: 行刑前最后一夜,伦敦主教探访国王查理一世。世事无常,登高跌重,查理慨叹如今的境遇,但也已做好准备从容赴死。

查理

停下,悲伤的魂灵,停下!这么快消失,你要去哪儿?

---

① 指太阳。
② 赫利克(Helike),古希腊城市,毁于地震和随后的洪水。
③ 居克逊(Juxton),伦敦主教。

怎么？这个梦境要给我们新的心灵创伤？
255 玛丽！是你的影子在我们身边悲悯地游荡吗？
即将到来的不幸于我们而言是多么沉重！
不！查理还是敢于结束这样的岁月，
要在夜晚来临前喷洒他无辜的血液。
期冀的光芒，快显现，我已经厌倦了生命。①
260 我凝视那位王，他自己走向十字架，
被他的子民仇视，被他的人群嘲笑，
不为那些敷衍他的国度所承认，
同我一样被朋友出卖，同我一样被敌人控告，②
因他人的罪而受屈辱，直至受折磨而死。

居克逊
265 尊贵的陛下，那至高者今日定在看着你。

查理
我相信，祂会让我——他的奴仆，振作精神。

居克逊
陛下还克制着隐秘的痛苦吗？

查理
我已受安抚，准备好面对不幸。

居克逊
陛下是否抛掉忧愁，享受了短暂的夜晚？

查理
270 我已经休息好，企盼着清晨的到来。这时刻很快来临。

---

① 此处对查理被砍头前的描写效仿了耶稣受难的情形。
② 耶稣被犹大出卖而受刑。内战中，查理一世向苏格兰军队投降后，苏格兰却和英格兰的议会军达成决议，将国王以20万镑的价钱卖给了克伦威尔一方，让他们对查理进行审判。

居克逊

　　陛下，现在时间尚早。

查理

　　对承受了极大苦难的我而言，不早了。

居克逊

　　上帝会变苦难为欢乐，而且常常直接出手相助。

查理

　　祂若愿意，便会帮助！把那刑服递给我。
　　哦，这最后的荣耀之袍，　　　　　　　　　　　　　　275
　　查理从众多财宝中将它挑选出来一起带离世界，
　　随它一同消散的，还有那将我装点的荣光。
　　紫袍①将会毁灭，而血液会染红纯白的亚麻布。
　　我用血在上面写出，
　　阿尔比恩惯于如何对待君主。　　　　　　　　　280
　　我的衣着如此纯白，②从狱中站起，
　　我的灵魂如此洁净，漂浮在神的审判席前，
　　注视着那些戴着矫饰假面，
　　充当原告和法官③审判他们国王头颅的人。

居克逊

　　但愿国王宽恕，让上帝的公正得以实现。　　　　285

查理

　　我早已谅解，因为我什么也没有失去。

---

　　① 紫色象征着王权，也影射罗马士兵给耶稣穿上的那件紫袍。参见《马太福音》27 章 28 节。
　　② 参见《启示录》3 章 4–5 节："凡得胜的，必穿白衣。"
　　③ 想要审判国王的人既充当原告，也充当法官，这里强调法律本身已经遭受破坏，因为原告和法官已经沆瀣一气。

王冠、生命、地位和国家,还有今天被夺走的,

都会被永恒的神赐还给我,

祂赐予我们任何困苦也无法打破的权杖。

290　来吧诸位,助我更衣:这是你们最后的职责,现在是要分别的时候了!

居克逊

还有什么没被这世界分离?

哪有什么永恒存在,都在顷刻之间化为虚无。

任何时刻都不属于你,

岁月如湍急洪流,无人能拦,呼啸而过。

295　今晨我们用忠诚的慈爱所亲吻的,

此刻已是尘土和魂灵。

时间啃噬大理石,化铁石为虚无,

抚过美丽的脸颊,便是冰冷苍白,

在生命过半之前,金发已成白雪,

300　人们如同从高空坠入深渊,

无法预见自己的登高跌重。①

就好像睡梦中曾努力追求的,

却在醒来后,

一丝记忆不留。

305　尘世的一切就这样在颠覆的感官②中上演,

将欢乐变为痛苦。

朋友们跑开,转身回头睥睨我们。

---

　① 本段围绕巴洛克诗歌的虚无(Vanitas)主题,慨叹世事无常,人往往在命运急转中登高跌重。

　② 感官是躯体的窗户,有说法认为,感官常常会误导人的判断。

查理

> 还将此前大家深深珍视的,碾进尘土。
> 本职守护我们的人,让我心碎。
> 那闪烁的刀锋剑芒,   310
> 此前被用来守护查理的福祉,
> 如今,(啊,这颠倒的命运!)却对准了查理的胸膛!①

居克逊

> 一言以蔽之! 人能思索的无非是:放弃或被抛弃。
> 无论他多么崇高,多么智慧。

查理

> 用水吧,因为这个国度会浸在我们的鲜血中,   315
> 而我们的阳光会在泪水中彻底熄灭。
> 不幸的王后! 你远离这些苦痛,
> 却仍然感受到我们的创伤。
> 远方的雷霆,如此贴近你心,猝不及防将你击中,
> 通过你所爱之人的棺材将你引入坟墓。   320
> 啊,我灵魂的灵魂! 多么可悲! 你会害怕,
> 要用柔弱的双手锤击洁白的胸膛!
> 上天知道,将死的国王仰仗祂的忠诚,
> 比起祂对死亡的畏惧,
> 我们的惨剧不会伤及内心。谁还能让查理托付,可怜的人!   325
> 啊,我灵魂的灵魂! 啊,永远忠诚的爱人!

居克逊

> 谁能将英格兰身上的血罪洗净?
> 泰晤士河和海洋都不足够。

---

① 查理的命运急转,登高跌重。

查理

  那些不仅通过最高贵的嘉德勋章①与我们相连,
330 更因忠诚的誓言而站在我们身侧的骑士们,他们哪去了?
  谁还在为他的首领进行可靠的护卫?
  你们的国王处在危险之中。
  我乘着破船,孤零零被遗弃海上。
  舵盘已碎成两半!放肆的风攫住半帆。
335 侧舷不堪重负,向着海浪投降。
  桅杆产生裂缝,重重砸向甲板。
  船锚已经沉没,缆索全都磨烂。
  从前旗帜树立之地,
  现在洒落着盐燃烧的明亮火光。
340 罗盘和沙漏不知所踪,我们跌至谷底,
  又冲向高空,败在岩石之上。
  还有人尚对查理怀有忠诚吗?
  别和我一起死去!在远方港口目击我沉船的人,
  除了流泪无能为力,一切努力都是徒劳。
345 诸王之王,一切都在你的掌握之中:
  啊!助我们平安靠岸。
  若我的破船注定成为海浪的牺牲品,
  那就将灵魂拯救,让灵魂复活。

---

① 嘉德勋章(Hosenbandorden),1348年由爱德华三世设立,是联合王国最高贵的勋章,也是欧洲最受尊敬的勋章之一。

第四场

人物：查理、居克逊、公主①、格洛斯特公爵②、贵族侍从和城市少女

提要：国王同子女进行最后告别,劝诫孩子们信仰上帝,展现了君主家庭的慷慨气概。

查理
　　亲爱的、可怜的来客！

公爵
　　　　　　　啊！

查理
　　　　　　　啊！丧父的孩子们！

公爵
　　啊！

查理
　　没有了国家的公爵！

公爵
　　　　　　　啊！

居克逊
　　　　　　　却依然是王子！

查理
　　失去了财产的公主。失去了城市的城市少女。

---

① 伊丽莎白·斯图亚特,查理之女。
② 亨利·斯图亚特,格洛斯特公爵,查理之子。

居克逊

但是仍然在这世上!

查理

啊!

公主

啊!

查理

比起我们,雷电在你们身上怒火更盛,

在我们身上倾倒的硫磺烈焰,却让你们更为受伤。

公主

啊!啊!

查理

亲爱的儿子,啊!在那被掠夺的王冠尚在发顶之时,曾是多么快乐,

我的孩子,你不认识我了吗?①

公爵

不认识,先生!

国王②

我就是上帝为你挑选的父亲。亲爱的孩子,

烦忧竟让我如此容貌大变吗?我发愁的,是我的不幸也伤害了你。

啊!这绝不是你应受的!太阳之灵啊!

---

① 查理之所以如此发问,是因为格洛斯特公爵没能立刻认出自己的父亲。查理坦言,让孩子承受痛苦,对他来说也是极大的不幸。公爵当时仅十岁左右,也将在场观看父亲被斩首,查理对此感到担忧不已。据传,当时查理已经头发灰白,暗指他惨遭折磨,容貌大变。

② 国王,即查理。下文出现的亨利则是公爵的名字。

最让人期盼的朋友啊！此前无上的荣光！

如今撕心的痛苦！你们是母亲托付给我的最后凭证，

在那焚化王冠的烈焰开始燃烧的时候！

哦，这些亲爱的脸庞！ 365

母亲真正的像，在光芒中闪耀，

在她如娇花初绽的岁月，就被移植到了阿尔比恩！

在我的停尸床上，她和你们一起枯萎！

我破碎不已，温热的鲜血滴落！

对你们沉默的舌头，还能说什么？ 370

愤世嫉俗的恨意在国王身上咆哮，人们更加残酷地攻击我们！

人们不仅夺走身份和权杖，

啊！孩子们，你们才是我的软肋，是我放弃了太多。

居克逊

是上帝乐意赏赐的。①

查理

可怜的女儿，我要将你托付给谁呢？ 375

谁会照料你呢？你的母亲，在这雷霆之后，

会振奋精神，代替我来照顾你吗？

啊！这不可能！

她也将死！她也逝去！即使她能活着，

谁又能给她提供支撑呢？谁会安慰她？ 380

谁会站在她身侧帮忙？啊，因受苦而生的国王啊！

啊，不了解自己已失去了什么以及还将失去什么的孩子！

在你的年纪，对痛苦还思之甚少！

我们的苦难只会更多！

---

① "赏赐的是耶和华，收取的也是耶和华。"参见《约伯记》1章12节。

385　哦,王子,你的国王给了你什么,让你维持地位?
　　亲爱的孩子,你的父亲用什么来将你装饰?
　　公主! 你需要什么作嫁妆?
　　你的父亲现在除了零星要挥洒的鲜血外,一无所有。

公主
　　他将尸体留给我们,作为他最终恩典的证明!
390　他将那爱的记号——眼泪,作为礼物赠予。
　　他留下那敌手和嫉妒都无法掠夺的东西,
　　便是我们与生俱来的地位。

查理
　　这地位是无法承受的负担,
　　除非那诸王之王伸出援手。
395　但我害怕,这地位对你们来说更为致命,
　　因为疯狂的人群已经打破王位和秩序。
　　人们已将根部折断,难道还会保留枝芽吗?①
　　但愿你们是住在帕马努克②,而不是这杀人的王宫。
　　因为你们身处的这个国家,
400　一直以来都洒满了国王的鲜血。
　　啊孩子们! 去往法国和卡顿③,
　　冷酷大海的滔天波浪将赋予你们我们被这岛国夺走的生命。
　　在瞄准后颈的一击后,

---

①　此处用树来象征斯图亚特家族。
②　帕马努克(Pamanuke),北美洲维吉尼亚某条河流沿岸的一块土地。
③　卡顿人(Catten),日耳曼民族的一支,被认为是巴达维人(Batager)的祖先。巴达维人居住在如今的荷兰,因此卡顿代表荷兰。根据史实,威尔士亲王,即后来的查理二世,此时已逃往巴黎。而约克公爵詹姆斯·斯图亚特(Jakob II)则逃往荷兰。

你们还能保全性命吗?

你们可以离开我们的视线,

但这洪流却不会让你们从怀中离开。

你们的国王无法给你们什么,除了这句晚安。

但是我作为父亲的心,即使死了也会清醒着,

我通过亲吻这俩孩子,来亲吻以后再也无法亲吻的所有孩子!

要是我苍白的魂灵能在柔情的梦中问候你们,

将你们彻夜抚慰:我是否想得太多?

我获得了你们俩作为收获。

但怎样的收获竟会让我们坠入泪海,

在死亡之前,先将我们的灵魂熄灭呢?

来!抹去这些感怀。那赐予和收回王冠的,

已经为每个人都确定了他的量度,他苦难的量度!

只有他知道为什么,并将缘由隐瞒,①

直到最后的结局将这理由揭示。

他心怀所有人,治愈那些他击打的人。

我们似乎已经看见:查理②众望所归坐在查理的王位上,

苏格兰人哀鸿遍野,阿尔比恩懊悔难当,荒芜的爱尔兰惊惶不已,

从国王腐烂的身躯中,人们感受到国王的忠诚。

君主的无辜从他的坟墓中得以绽放,

因为整个世界都在努力拯救他的王冠。

公主

啊!这就是我们的诀别吗?

啊,国王!我看见你!啊,父亲,我看见你受难!

---

① 人们普遍相信,神有善的意志,但是对人类隐瞒。参见《但以理书》12章9节。

② 指后来的查理二世,复辟成功后,他于1660年继位。

国王查理一世的子女

<u>查理</u>

  我的孩子,你看见的是我如何结束这苦难,
  即我满怀欣喜地在正义面前挥洒鲜血。
  你看见,神如何宣判,尽可能帮助我。①
  (这总是很艰难的)祂想让你坚强,   430
  这样任何风暴、任何攻击都不能将你从祂身边分离。
  尘世繁华如迷雾,切忌行踏于薄冰。
  最重要的,要以良心的玷污为耻。
  当上帝那一天高兴地将我们叫醒,
  这本书②则给我们以指示,   435
  让我们瞥见这世上谁归于神,谁归于我。
  这至高者的书给你。去读其中所规定的。
  永远不要被轻率的羽毛笔荼毒,
  不洁的纸会玷污最纯净的心灵。
  要带着理性和时间也无法熄灭的微光,   440
  假如怀疑将你的感官攫住,③
  就去读一读,安德鲁④和怀特⑤留给我们的,
  哈克尔所树立的,劳德向我们传授的,⑥
  他即使身死也在不久以前还力图捍卫的。
  但你,我的儿子!要铭记这些话活着: 445
  你现在聆听着你的父亲和国王,就在这个地方,

---

 ① 参见《以斯拉记》8章22节,"我们神施恩的手必帮助一切寻求他的"。
 ② 同下文"至高者的书"一样,指《圣经》。
 ③ 下文中,查理对孩子们进行劝诫。
 ④ 安德鲁主教(Bischof Andrewes),著有《布道文》(*Predigten*)。
 ⑤ 怀特主教(Bischof White),著有《教政体制》(*Ecclesiastical polity*)。
 ⑥ 指劳德针对耶稣会士菲舍(Fisher)所写的文章。

在他已经准备好在公义和法律面前死去的地方。
因此你要注意，
回避那些侮辱我尸体的咒骂。
450 因为人们必会讽刺对我的谋杀，
而且鉴于你兄弟中尚有人活着，
所以人们会打压他而尊崇你，他们会将你抬升到王位之上。
你要敢于打破自己的优先继承权，
削弱那些现在看似要壮大我们血脉的东西。
455 逃亡吧，避免这种耻辱，别听从这样的建议，
那么诸神之神就会成为你最有力的保护者。

亨利

我的国王，我宁愿让自己被野马分尸，①
也不愿有片刻不听从你所说的，
不愿将这命令从心灵中驱逐，
460 不愿让自己不配父亲大人的祝福。
那为了王位而生的人，必在他的王座上绽放光芒。
谁占领陌生的国度，已经因其获利而失败。
继续做我的主教，我的证人吧！哦！但愿他的坟墓是我的！

公主

啊！但愿我的死亡能减轻他的痛苦。

亨利

465 父亲大人，啊！我应该和他一起结束生命！

公主

我的君主和父亲，愿我在你之前挥洒鲜血！

---

① 公爵的回答表现出对父亲的敬佩，他宁愿被野马分尸也不愿犯这样的罪行。

公爵
　　没有任何援手或逃亡能拯救他——我的国王吗?
公主
　　他的死亡会带来如此苦涩的果实吗?
查理
　　现在,孩子们!要永远在神,那至高者面前俯身。
　　向你们的那位兄弟顺从地表示你们的职责, 470
　　尽管他是被浪潮和命运驱使,
　　但仍是这国家的君主和你们的国王。
　　比起相同的血脉,要更依靠爱的联系而活着。
　　只要你们一息尚存,就能在两处内心和灵魂中
　　找到兄弟的忠诚和姐妹的慈爱。 475
　　还有一点,最后一点,向我学习,学会宽恕。
　　公主,别再用更多缅怀来使我们悲伤。
　　上天在看着你们!
　　祂不曾赐予我的,如今要赐给你们。
　　那些被祂夺走父亲的人,除了这永远忠诚者再无人可信任的人, 480
　　都会被祂接纳。
　　他会减轻你的痛苦,公主,别因我们的死如此伤心,
　　一个更伟大的国度正在召唤我!再见,亲爱的儿子!
　　哦,少年,你还没有感受到破碎的王冠
　　是如何在斯图亚特的后裔头上咔咔作响! 485
　　愿诸王之王通过你将那些随着我们消亡的东西重新树立,
　　愿祂护佑你,给你我们的祈愿所不能给予的。
　　祂认为我应当先于你们流血,
　　再将你们从那淹没我的洪流中拯救。
　　走吧!亲爱的孩子们,走吧!而你们这该死的君主和父亲要独自在此! 490

走吧！亲爱的孩子们，走吧！让父亲自己面对！
他的紫衣已成两半！他此刻身着丧服！
即使他的嘴唇保持缄默，但他哭泣的心灵仍在呼喊！
向那位永远统治的、带着永恒之冠的人呼喊！

495 他流出的鲜血也在沙地上描绘出他遭受的不公。
起来孩子们！和我一起向你们的神伸出双手！
祂会向敌人和暴乱者发怒，
他们在短暂反抗后又祈求祂多情的心灵。
再见，最后一个吻！还有晚安！

500 如果上帝允许，请给远方的兄弟们、
那半死的母亲和你们的姐妹
带去我含泪的问候。
我不曾一日将你们的母亲忘怀，①
从她第一次来到我的怀抱时起。

505 我将她一直放在心中，
直到我砍断的头颅在地上变得苍白。
何种恐惧折磨着我们，我们却感觉太过愉悦，
将我们分离的剑是多么锋利，
带走这些回忆和最后的吻！

510 一路平安，直到我在神那欣喜地问候你们。
哦！将孩子们带走！我已让你们足够伤感，
我将在彼处永远高兴地看着你们！
尽快离开吧！他们掺杂着缅怀，陷入炽热心灵的恐惧中。

居克逊

但是神会赐予他们

---

① 查理临死前一天曾命令伊丽莎白公主向她的母亲转达，查理将永远陪伴她，对她的爱至死方休。

永恒的荣耀,以及我的君主在此处抛弃的。 515
  祂以此为基石!

查理

  我们的基石十分稳固。
  若父亲的心必要感受这残酷的分离,
  那灵魂就努力消除这伤悲,结束这哀叹。

居克逊

  选帝候①极力要求见你一面,我的国王! 520

查理

  国王!将死的国王!感谢选帝候的忠诚。
  而我会再次因我的现状而愤怒,
  那激起的痛苦,直击心灵。你们!安排好我的尸体!
  告诉里奇蒙②,在砍头之后,
  我希望从他和你们那得到最后的优待: 525
  请别让这血肉因迅速的腐烂而消亡,
  请恩赐我一些香膏。③
  让我不论是离开人间,还是仍在尘世,
  都能得见王冠和王位的继承。
  他会通过我的本心和苍白的面容,读出他自己的罪责, 530
  我们不需再烦忧。我们仍然喜爱的,
  是上天已赐的,以及那将上天赐予我们的。

---

① 普法尔茨选帝候。
② 指苏格兰遣使。里奇蒙(Richmond),公爵头衔,在1623至1672年间属于苏格兰伦诺克斯公爵。
③ 参见耶稣受难的相关记录,如《马可福音》16章1节、《路加福音》23章56节以及《约翰福音》19章40节。

塞壬合唱

提要: 象征着死亡的塞壬①慨叹世事无常和命运急转,回顾了诸多国王的死亡并预言英格兰的动乱。

第一合唱
　　上天是至高者亲手设置的万物之终点,
　　通过时间飞快转动的车轮②冲向最终的目标!
535　尘世所建造的会因可怕的烈焰受损,③
　　化为灰烬和虚无!法官已经准备好,
　　清算大罪,
　　处置一切。

第一对唱
　　因此暴怒穿梭在波浪之间,比波浪更滔天,
540　是迅疾的风暴召唤者?因此东方入侵西方?
　　峭壁会因而开裂,浅滩会因而上升吗?
　　安菲特里忒的堡垒④也不再坚固了吗,
　　只因一切都将
　　立刻倾塌?

---

① 塞壬(Siren),希腊神话中会带来死亡的海妖。在基督教中也象征异端和尘世欲望。
② 象征命运。
③ 末日论设想中的世界审判,伴随着降临大地的烈火,参见《启示录》13 章 13 节。
④ 安菲特里忒(Amphitrite),希腊神话中的海洋女神之一,波塞冬之妻。安菲特里忒的堡垒,指英格兰的岩石海岸。

第一终曲

    怎么？或者至高无上的权力 545

    要进行闻所未闻的改变？

    他的灵魂难道思考了，

    任何凡人都无法思考的吗？

第二合唱

    太阳环绕不到一周，几乎所有王位都已清空。

    辛布里①的银发蒙尘，因为王位继承人已被掩埋。 550

    萨尔马提亚的君主②，在动乱使他烦恼前，就已经有福。

    博斯普鲁斯的寒光③，令欧洲畏惧，早以企盼残暴的缰绳。

    在死亡之前就惨遭不幸的人，

    他早已死去。

第二对唱

    人们在伊比利亚④磨刀霍霍，让葡萄牙烦扰。 555

    鹰⑤也看见叛徒，法国向莲花⑥发起攻击。

---

    ① 辛布里人（Kimbern），原居住在日德兰半岛，即今天的丹麦。此处指丹麦的克里斯蒂安四世（Christian IV, 1577—1648），1648 年，他在自己的继承人死去后也驾鹤西去。

    ② 萨尔马提亚人（Sarmaten），十七世纪时居住在波兰。其君主是波兰的瓦迪斯瓦夫四世（Wladislaw IV Wasa, 1595—1648），在他去世之后，国家重大的社会和宗教矛盾才爆发出来。

    ③ 博斯普鲁斯海峡（Bosphorus），即伊斯坦布尔海峡，指代土耳其。此处的君主为易卜拉欣一世（Sultan Ibrahim I, 1615—1648），他在 1648 年被废黜并处死。

    ④ 即伊比利亚半岛，此处指代西班牙。此处参见第一幕第 238 行注释，即葡萄牙布拉干萨公爵带领葡萄牙人民摆脱西班牙统治的历史典故。

    ⑤ 象征德国皇帝。此处指哈布斯堡家族的霸权在 1648 年被摧毁。

    ⑥ 象征法国国王。此处指 1648 年至 1653 年的福隆德运动，即投石党动乱，以及 1635 至 1659 年间的西班牙战争。

66　被弑的国王

现在整个世界都为斯图亚特不幸的倒台而震动。
安菲特里忒①十分震惊,泰晤士河竟如此胆大。
人们曾在一年之内见过
这么多国王的停尸床吗?

第二终曲

上天光芒爆发的一击,
对准了民众的牧羊人,
谁能自救,便救吧,
羊群已逃,处境凶险。

---

① 象征大海。

第三幕[*]

第一场

人物：费尔法克斯、费尔法克斯夫人
提要：费尔法克斯再次向夫人承诺营救国王，两人告别。

费尔法克斯
　　请你相信：我不会收回我许诺之言，
　　尽管我知道，只有两人愿参与行动。
　　在启明星从海面升起之前，
　　国王就免于恐惧，脱离囚禁。

费尔法克斯夫人
　　哦！谁能称赞这壮举的威严！
　　我的光，[①]上天也愿赐予我们更好的，
　　胜过对我的击打，赐予你勇气胆识，以大展宏图吗？

费尔法克斯
　　我应赶紧行动，时间紧迫，
　　不容在此过久空谈逗留。
　　我会重新安排守卫，再重新部署军队，

---

　　[*] 第三幕由十一场和幕间剧合唱组成。这一幕场次和出场人物众多，叙述了各方势力对审判君主一事的不同观点和立场，其中主要包括军队内部费尔法克斯和克伦威尔的观点分歧以及荷兰、苏格兰遣使与英格兰伯爵等人的不同想法。结尾处，英格兰少女和妇女合唱，哀叹不列颠大地上的不幸。
　　① "我的光"指费尔法克斯，以第三人称指代说话者是巴洛克时期常见的修辞。

费尔法克斯夫人

以排除困难,而你在一旁叹息着支持,

令你我二人的希望和努力不至白费。与你吻别。

费尔法克斯夫人

上天,请让一切顺遂!

让他成功并平安地完成他勇敢拼搏之事。

第二场

人物:胡果·彼得、弗朗茨·哈克尔、威廉·休利特

提要:以彼得为首的革命军代表讨论费尔法克斯背叛的可能性,再次宣扬斩首国王的正义性,并鼓舞刽子手行使正义的权利。

彼得

祝你好运。

哈克尔

多谢。为何我们这么早碰面?

彼得

这位大人①除了让我们费心费力外还干了什么?

哈克尔

确实!不过今天便是他的最后一日。

彼得

因此我们需要做的事超乎想象。

哈克尔

事实上,依我之见,四处都不太平。

---

① 指国王查理·斯图亚特。此处作者引用了泽森(Phillip von Zesen)著作《被侮辱而又被树起的君王》(*Die verschmähete / doch wieder erhöhete Majestäht*)第三卷417页的原文。

彼得

我感觉,几乎人人自危,如临深渊。

哈克尔

一个当刽子手的伙计可能会拒绝履行他的职责。①

彼得

但我们依然有办法砍下那暴君的头。

哈克尔

在被授予全权前,行事艰难。

彼得

那我们就应使用权力来推动此事。

哈克尔

阿克斯特尔已尽力了,亨克似乎已经背叛我们。②

彼得

亨克?他竟如此失了神智吗?

哈克尔

阿克斯特尔也不能将他领回正轨。

彼得

好在我们已经邀请足够多的人登上这艘船。

哈克尔

若没有精心安排,这艘船定会动荡摇摆。

---

① 此处作者依旧参照了泽森《被侮辱而又被树起的君王》第三卷421页的内容,即刽子手拒绝履行职责,不愿处死国王,尽管人们甚至以千镑英镑贿赂他。

② 叛军谴责亨克,因为他不愿签署刽子手的任命书。此处作者参照了泽森《被侮辱而又被树起的君王》第三卷419页的内容,阿克斯特尔曾在亨克拒绝签署后对他说:"我为你感到羞耻,我们明明可以安全入港,你却在落锚前先收了帆。"

彼得

    元帅①也没少令我费心。

哈克尔

    不,我向你保证,他不会背离我们。

彼得

    尽管如此,他也不愿坐上审判席。

哈克尔

    表面看来,他还心怀苏格兰的誓言。

彼得

    他可别由此失掉了官位、指挥棒和脑袋。

哈克尔

    他的性命取决于斯图亚特是否会逃走。

彼得

    我感觉,如果他背离我们,会是巨大的伤痛,②

    这个国家会沉入血海之中,

    克伦威尔将饮下他斟给国王的那杯酒。

哈克尔

    国王如今展现出极大的温和。

彼得

    我的哈克尔,谁若以温顺立足,那他就是个傻瓜。

哈克尔

    在这样紧急之时,我们必须谨慎观察四周。

------

    ① 元帅指费尔法克斯,此处彼得与哈克尔在讨论费尔法克斯的政治立场和背叛他们的可能性。

    ② 此处作者参照泽森《被侮辱而又被树起的君王》第三卷418页的内容,即"若我们不让他流血,他会用血把一切染红"。

彼得
不要轻信貌似神圣的话语和虚假的美德。
哈克尔
那群牧师没少蛊惑我们的民众。
彼得
告诉我,还有什么没被那群牧师搅乱。
哈克尔
45　他们更愿意用罪责和咒骂来向国王发怒。
彼得
怎么？他们又一次请求释放巴拉巴？①
哈克尔
那个他们此前用言语和教税②攻击的巴拉巴？
彼得
他们痛心,是因国王在我们脚下,而非他们脚下。
哈克尔
我不认为他们能被人胁迫。
彼得
50　胁迫？只需让两三颗最狂妄的人头落地。

---

①　据新约福音书载,在耶稣被捕后,罗马帝国犹太行省总督本丢·彼拉多(Pontius Pilatus)经审讯知耶稣无罪,想解救耶稣。恰逢一位名为巴拉巴的人因作乱被罗马人监禁,彼拉多援引犹太人逾越节期间可以释放一名犯人的成例,向民众提出,在巴拉巴与耶稣中处死一人、释放一人。而民众受到大祭司蛊惑,纷纷要求释放巴拉巴,处死耶稣。最终巴拉巴获释,耶稣被钉上十字架。本场中,彼得常用"巴拉巴""偶像"等词来称呼国王查理。

②　依照议会的建议和规定,教徒们缴纳金钱和银器,议会保证将其用于维护教会、保障王国和平等目的。

哈克尔

　　他们会在见证流血的人面前呼唤疯狂的民众。①

彼得

　　人们因而更加谴责这项罪过。

哈克尔

　　人们知道……

彼得

　　等等,休利特来了——你将摔碎偶像②,
　　你是基甸③,你将在不可撼动的基石上建立自由。
　　神将你派给我们,要用你的拳头来肃清教会和广袤国土。
　　还要赶我们的约兰④下台。愿你洪福永驻!

哈克尔

　　你来得正是时候,恰如我愿。
　　那至高者为你装备力量与援手!
　　不列颠的安康与家园都依托你的臂膀。

休利特

　　我已做好准备,勇于为不列颠的福祉一搏,

---

　　①　在此体现出哈克尔的想法与马基雅维利(Machiavelli)的相似性,他出于政治考量而不愿谋杀。

　　②　偶像,指国王查理。

　　③　基甸(Gideon/Jerubbaal)的故事记载于《士师记》,他是一名军事领袖、法官与先知。他曾按照神的旨意,拆毁了巴力神的祭坛,在以色列人中挑选三百勇士,大胜米甸人。彼得在此将休利特比作基甸,寓意休利特将带领民众,将查理这个旧偶像赶下神坛。

　　④　据《列王纪下》载,约兰(Joram)是以色列国王,曾与犹大王约沙法、以东王合力攻打摩押(Moab),在耶和华的帮助下取得胜利,但约兰王始终没有全心归向耶和华,他的元帅耶户(Jehu)奉神之命将其杀死,取代他成为新的以色列王。彼得在此援引基甸和约兰的故事,想要使弑君这一行动合法化,旨在说明弑君是遵循神的旨意的正义之举。

在剧痛的困苦中,我怎能在此时迟疑胆怯,
如今公正的神要吓退暴君的企图,
经我的手去巩固尚存的统治。

哈克尔

合情合理!但人们也要公正地对待权利,
要合乎章法,不可出格,
凭此判决书,国会委托你全权。
也允许国王的审判得以进行。

彼得

这是主的话!这,这是神的指头!
祂按照神圣的法律处罚忤逆法律和国家之人,①
这是一个伟大的决议,
由守卫者们一致起草并宣布。
动手吧!不要让树叶的修饰动摇你们!
动手吧!让我们折断枝干和树冠。
把这大树②砍断,
它以前以无上的荣光,遮蔽着王室、城市与国家。
瞧啊英雄!这是上帝递给你的斧头。
赶紧行动!对准查理这贫瘠的橡树,
树叶的假象(别小瞧它)曾将我们迷惑,
现在是时候了!砍掉它!

休利特

我的心被触动了。
我亲吻这判决书和斩首斧。

---

① 重申弑君的合法性,强调这遵循了上帝的旨意。
② 树作为隐喻在这部戏剧中非常常见,此处亦指代斯图亚特王朝的家族谱系(Stammbaum)。

我被委任去做一件世人至今未曾得见之事。
是众人神圣的心愿,被压抑的狂喜,那早已宣告的复仇。

彼得

> 还有那未出世的太阳——
> 谁在那?让我们从这儿——英雄们,我还有重要之事要向你们秘密通报。

85

第三场

人物: 两位上校

提要: 两位上校支持费尔法克斯的决定去营救国王,想要制止革命军的闹剧。

第一位上校

> 我们还应该说服元帅吗?

第二位上校

> 女人的建议也并非没有荣耀。

第一位上校

> 费尔法克斯追求的只有永不凋零的荣誉。

第二位上校

> 让他听从她的话有多容易?

90

第一位上校

> 非同寻常的爱使人难以招架。

第二位上校

> 她知道,费尔法克斯与她未能完全达成一致。

第一位上校

> 假如他同意此事,我们更应该做什么呢?

第二位上校
　　我们允诺要完成的事非常伟大。
第一位上校
95　　事实上,我不愿国王死去。
第二位上校
　　现在唯一能做的,就是阻止砍头。
第一位上校
　　并让不列颠摆脱耻辱,让我们免除恐惧。
第二位上校
　　但如果国王太过固执,不愿宽恕,又该如何?
第一位上校
　　他此前不是经常选择宽恕吗?
第二位上校
100　　即使我们要迫使他逃出国土?
第一位上校
　　是让他逃离死亡和空前的耻辱。
第二位上校
　　愿他能带着新的力量回到我们这里。
第一位上校
　　也许这是最好的出路。
第二位上校
　　对!这样国家的福祉才得以稳固。
第一位上校
105　　必不可少的是,人们需有敬畏之心。
第二位上校
　　那你觉得,人们能够通过敬畏从动乱中自我救赎?
第一位上校
　　从动乱中,更从绝对的安全中

以及已经扩大的隔阂中自我救赎。待这段时间过去，
指挥权会是如何？还有什么不会发生？
你看到克伦威尔是如何收买人心了吗？ 110
是什么让他在陌生的民众前获得威望？
连费尔法克斯也不理解他的图谋。
倘若费尔法克斯不愿投身他的势力阵营，
那么内战①可能卷土重来。
倘若人民希冀的安宁重回阿尔比恩， 115
我们的名誉是否会随着我们的功绩永垂不朽？
民众难道不会完全不同地看待此事，
将那些如今退却的人视为弑君者吗？
请相信，这于我们有利，
不列颠将要黑云压顶，却仍能维持蓬勃生机。 120

第二位上校

确为理性的考量。
但若军队违背我们发起暴动又该如何，还把你我二人——

第一位上校

请打消你的疑虑。
军队听命于我们。
军队何时对统帅的决定有所迟疑？ 125
只要阳光照拂于他，没人不会赞颂褒奖他的想法。
人们夸耀他的进攻，崇拜他非凡的力量，
简而言之，他所做之事皆为惊人成就。
若他决定营救国王的首级，

---

① 英格兰爆发的第一次内战是 1459 至 1485 年的玫瑰战争（Rosenkrieg）。查理一世在位期间，英国于 1642 年再次爆发内战，以查理一世被处决结束。

130　　他们也会认为此事应当。
　　　　再将此事稍加润色，人们便都加入我们，
　　　　我认为，任何有名望之家都至少有一个人在怨叹：
　　　　人们竟敢将斩首斧架在查理的脖子上。
　　　　还有那些曾对他的权力极尽谩骂之人，
135　　也会因他悲惨的倒台而陷入深深的同情之中。
　　　　不过此时还是由元帅自行定夺。
　　第二位上校
　　　　在他最先起事之前，我们保留决定。
　　第一位上校
　　　　正是如此。

第四场

人物：费尔法克斯、两位上校

提要：两位上校与费尔法克斯会面，愿为营救国王贡献自己的力量，但费尔法克斯突然改变主意，最终没有实施营救计划。

　　费尔法克斯
　　　　你们来得正是时候。警卫退下吧。
　　第一位上校
140　　元帅，我向您问好。
　　费尔法克斯
　　　　你们如何看待此事？阿尔比恩今日要目睹这出极大的惨剧吗？
　　第二位上校
　　　　但凭元帅一句话，您的意志就会实现。

第一位上校
　　装备已准备妥当。您只需一挥手，
　　瞬息之间便按照您的设想行动。

费尔法克斯
　　难道我曾不听你们建议便采取行动吗？　　　　　　　　145

第一位上校
　　我们曾向您建议的，都是荣耀之事。

费尔法克斯
　　朋友们，此事既取决于我，也取决于你们。

第一位上校
　　您若需要我们效劳，我们就在这里。

第二位上校
　　人们作出判决就是为了将其执行。

费尔法克斯
　　好了！他会死去，告辞。　　　　　　　　　　　　　　150

第一位上校
　　可以感觉到，他的夫人没能使他顺从她的心意。

第二位上校
　　幸亏我们没先坦露想法，而是听了他的看法。

第一位上校
　　唉！国王必须要受难了！

第二位上校
　　上天似乎要让他脱离那已守在门外的不幸。
　　你不想一同进去吗？　　　　　　　　　　　　　　　　155

第一位上校
　　走好我的朋友！我不愿参与血腥的议会。

第五场

人物：托马斯·费尔法克斯、奥利弗·克伦威尔

提要：费尔法克斯与克伦威尔会面，质疑克伦威尔斩首国王的决定，并请他考虑教会和苏格兰方的意见。克伦威尔称国王为暴君，论述自己决议的正义性，在言语交锋间展现出暴戾与决绝。

克伦威尔
　　重要的日子来临，它将见证我们的自由。
费尔法克斯
　　万时之时将赞赏或鄙夷这一天。
克伦威尔
　　一首不败的赞歌只看事情的结果。
费尔法克斯

160　　结局如何，你我如今尚不得而知。
克伦威尔
　　这事业应当由你我二人完成。
费尔法克斯
　　更应当由神和幸运女神为我们的调停助力。
克伦威尔
　　难道幸运女神与神没为武器加冕吗？
费尔法克斯
　　最初的胜利往往被最终的逃亡讥嘲。
克伦威尔

165　　不可能出什么乱子。我们代表着教会与教堂。

费尔法克斯
　　如今承受我们怒火的斯图亚特以前也拿这作托词。
克伦威尔
　　我们愤恨的是在我们头上兴风作浪的人。
费尔法克斯
　　而此人受整个欧洲和阿尔比恩的赞扬。
克伦威尔
　　事已至此,无路可退。
费尔法克斯
　　只愿他的倒台不会将我们压垮。 170
克伦威尔
　　他压制着!我的死敌正在压垮我。
费尔法克斯
　　他是你的世袭首领。
克伦威尔
　　　　　　我亮出上帝的剑对抗他。
费尔法克斯
　　我们的小船会被这风暴抛向何处?
克伦威尔
　　查理人头落地总好过我被砍头!
费尔法克斯
　　若沾染王侯之血,拳头会外观可怖。 175
克伦威尔
　　暴君之血甚是合适。为何元帅如此担惊受怕?
费尔法克斯
　　不列颠的大地会因此事惊骇不已。
克伦威尔
　　为何?因为查理得尝他曾给我们的苦果!

费尔法克斯
　　所有的牧师都呼告反对此事。
克伦威尔
180　　正是他们一开始支持此事。
费尔法克斯
　　他们呼告,他们呐喊,他们书写,在布道坛、教会和讲席之上。
克伦威尔
　　让他们随心所欲地写吧,让我们执行正义。
费尔法克斯
　　布道坛大大阻碍了我们。
克伦威尔
　　牧师在那里干的事,与战士何干?
费尔法克斯
185　　一个牧师常常可以动摇上千人。
克伦威尔
　　他只有唇舌,而我们拿着刀剑。
费尔法克斯
　　一张嘴妙语连珠,胜过千把刀剑。
克伦威尔
　　谁管不住自己,就拿刀剑来管。
费尔法克斯
　　民众过于柔弱,需要温和抚慰。
克伦威尔
190　　大可不必被牧师牵着鼻子走。
费尔法克斯
　　民众跟着牧师,来如洪水,去如退潮。

克伦威尔

　　主教的衣袍不也被主教的鲜血溅染？①

费尔法克斯

　　是谁将他推下牧师的宝座？

克伦威尔

　　成功一次，人们就敢做第二次。

费尔法克斯

　　人们虽敢于尝试，却并非次次成功。

克伦威尔

　　主教已逝，是谁还在攻讦我们？

费尔法克斯

　　是那些深知长老们的教会力量的人。

克伦威尔

　　你难道没有发现，他们正试图洗白自己？

费尔法克斯

　　我并非善于洞察人心之人。

克伦威尔

　　独立军蓬勃发展，使他们十分受伤。

费尔法克斯

　　独立军参与了对主教的掠夺。②

克伦威尔

　　贪心未得满足之人，十分痛苦。

费尔法克斯

　　不列颠的法律亦不能与我们达成一致。

---

① 指曾经的坎特伯雷大主教威廉·劳德被处决。
② 许多人都瓜分了主教的财产，一部分被独立军收入囊中。

克伦威尔
　　不列颠的法律，只适用于败坏的不列颠人。
费尔法克斯
　　民众的法律禁止杀害世袭君主。
克伦威尔
　　战鼓响、号角鸣，人们再听不见法律。
费尔法克斯
　　战鼓与号角都听命于国王。
克伦威尔
　　那是曾经，彼时他尚是国王。如今他不再是。
费尔法克斯
　　我们曾发誓保卫国王的头颅。
克伦威尔
　　国王既然暴动，誓言也随之消散。
费尔法克斯
　　英格兰为他受冠冕的头颅而来。
克伦威尔
　　和那些至今仍相信这颗头颅的人一道。
费尔法克斯
　　顽固的凯利顿再次寻找他们的国王。
克伦威尔
　　若他们带着武器寻找，就用武器降服他们。
费尔法克斯
　　他们几乎和我们一样有权处置查理的脑袋。
克伦威尔
　　凯利顿出卖了的，就别再来我这找。
费尔法克斯
　　它派人来协商君主的生死大事。

克伦威尔

它自己将君主移交给了我们不列颠。

费尔法克斯

因为人们当时承诺保留国王的性命。

克伦威尔

因为当时即便流血也没能将他控告。

费尔法克斯

人们曾承诺:至少不要损害他的健康和生命。

克伦威尔

人们习惯于将自己想要的东西强加于孩子。①

费尔法克斯

若人们拒绝他们的请求,就是在抵抗他们的力量。

克伦威尔

他们在作出请求时并未深思熟虑。

费尔法克斯

若他们的请求失败,还有什么他们做不出来的?

克伦威尔

在此期间他们会治愈新的伤口。

费尔法克斯

卡顿人会支持受压迫的人!②

克伦威尔

人们认为,他们是在严肃地请求。

---

① 克伦威尔对诺言作讽刺。对于遵守信义的论述,可参见马基雅维利《君主论》第十八章"论君主应当如何守信"。

② 卡顿人,即荷兰人。此处影射英国曾支持荷兰人对抗西班牙的殖民统治。

费尔法克斯

　　他们与斯图亚特的王朝、家族与国家紧密相连。

克伦威尔

230　　更与我们紧密相连,我们正处在他们的法律中。①

费尔法克斯

　　斯图亚特的女儿能做到的不止这些。②

克伦威尔

　　确实如此!但他并不能总是如愿以偿。

费尔法克斯

　　死去的君主将身披战甲追捕王侯与友人。

克伦威尔

　　他们在家里需要承受更多。

费尔法克斯

235　　一个国王总是力求谋害另一个国王。

克伦威尔

　　斯图亚特③已死于斩首斧下!我们还有什么困苦?

费尔法克斯

　　太多了。倘若巨浪与狂风没有攻击伊比利亚。④

---

　　①　指议会军要效仿荷兰实行共和制度。
　　②　可能指查理一世的女儿玛丽,她的夫君是奥兰治亲王威廉二世(Wilhelm von Oranien)。亦可能指代曾在荷兰流亡的选帝侯夫人伊丽莎白·斯图亚特(Elisabeth Stuart),她是詹姆士一世的女儿,查理一世的姐姐,她的丈夫是普法尔茨选帝侯腓特烈五世(Friedrich V)。
　　③　指玛丽·斯图亚特(Maria Stuart)。
　　④　1588年西班牙国王腓力二世派出西班牙无敌舰队征战英格兰,结果在苏格兰附近海域遭受严重的暴风雨,英军得益于狂风大浪,大败西班牙舰队。

克伦威尔
　　它们仍为我们效力:我们赢得了更多的胜利。
费尔法克斯
　　倘若阿尔比恩不愿再帮助国王查理。
克伦威尔
　　谁再对查理之事喋喋不休,就和查理一个下场!
费尔法克斯
　　人们竟要流许多鲜血才赢得新的自由!
克伦威尔
　　谁若还继续效力,谁就可能溺死在自己的鲜血之中。
费尔法克斯
　　总拿屠刀之人,永远不得安宁。
克伦威尔
　　人应用刀剑和剧痛来恐吓他想恐吓之人。
费尔法克斯
　　贵族之花与部分家族将受到伤害。
克伦威尔
　　要颠覆国家,而不只是三两个家族。
费尔法克斯
　　蛇身虽皮开肉绽,它却仍能痛咬人脚。①
克伦威尔
　　徒劳罢了!必须要拧断它们的头颅。
费尔法克斯
　　鲜血四溅,会玷污这功绩。

---

①　欧洲中世纪基督教博物志《博物学者》(*Physiologus*)第十一章中曾记载一种蛇,在遭遇杀害时,它会丢弃自己的躯干,留下自己的脑部以活命,在寓意图(Emblematik)中一般被视为智慧(Klugheit)的象征。

克伦威尔

250　　我们培育果实,后世得以享用。
　　　鼓起勇气吧! 你将见证,开局虽艰,必有善终。
　　　我已带领军队占领了宫廷、刑场、港口与集市。
　　　一有风吹草动,便有刀光剑影。
　　　那个家族昌盛、妻娇子幼之人,
255　　会在刀剑前颤抖。

费尔法克斯

　　　我们知道,我们身处何处!

克伦威尔

　　　我向赐我如此高位的权力发誓,
　　　即使是我的血脉,那婚姻的馈赠,
　　　若他挡了道,在我眼中也只是
260　　暴徒中一颗微不足道的脑袋。

第六场

人物:费尔法克斯、胡果·彼得、克伦威尔

提要:查理之子在信中请求宽恕国王,但被克伦威尔无情拒绝。在谈话间,彼得向费尔法克斯揭示了革命军的意图,即消灭长子的继承权,革命军才能获得最终的权力。

克伦威尔

　　　好,有什么新鲜事!

彼得

　　　从卡顿传来了古老的信件!

克伦威尔

审判不会被笔头阻挠。

彼得

被剥夺了王位继承权的继承人,要为父亲求情!

费尔法克斯

白费力气。只因他除了寄信别无他法! 265

克伦威尔

这失去理智的疯子要做什么?

是什么让你如此大胆,竟讨要你从未登上的王座!

你的父亲难道从没教导你他依靠的权杖有多么脆弱?

呵!盲目的幻想!呵!糟糕的王子的特权!

来啊,被驱逐的国王!来!站到你父亲身边! 270

来啊!若你的宫廷人手不够,就发动普法尔茨①和拿骚②一道,带
　　着巴图③的军队来啊!

(要是你能够,)也带上国王来征战吧!

然而你的查理一定会离去。而你在被驱逐后哀悼。

幼小的毒蛇几乎不能潜伏在洞穴中,

空气太过阴冷:然而它已嘶嘶作响。 275

探出那狡猾的脑袋,刺出尖利的牙齿。④

---

① 指查理一世的侄子鲁珀特(Rupert von Rheine,1619—1682)及选帝侯卡尔·路德维希(Karl Ludwig von Pfalz - Simmern,1617—1680)。他们都是普法尔茨选帝侯腓特烈五世同查理一世的姐姐伊丽莎白的孩子。

② 指威廉二世(Wilhelm II von Oranien),查理的女婿。因其属于奥兰治 - 拿骚王朝(Oranien - Nassau),故此处以拿骚指代他。

③ "巴图"(Bato)指巴达维人(Bataver),此处指荷兰,可参见第二幕第401行注释。

④ 《马太福音》23章33节中,耶稣称伪善的文士和法利赛人为"蛇类"和"毒蛇之种"。据《博物学者》第十章记载,这种幼蛇会吃掉母体的腹部。

不,王子。被驱逐的王子!你不会这样吓到我!
在我的躯干在沙土之上安息之前,
在我自己的刀剑穿过我的胸膛之前,
280 在不列颠岛屿听命于你之前!
来!鼓起勇气回国!我还有什么更好的希冀!
普利茅斯许你进入!宽阔的泰晤士河为你敞开。
今天是你父亲,后天留给你?
将死之人竟还向我索求苟活之人。

彼得

285 百年之业虽能被一人胁迫,
改变却非一蹴而就。就算查理人头落地,
苏格兰、阿尔比恩与爱尔兰仍对王座虎视眈眈,
并希望能让国王或王子登上斯图亚特的王位!
就算我们如今能用兵器恐吓民众,
290 这场悲剧仍会唤起许多人的苦痛。
被迫从面颊流过的泪溪,
会穿过感伤的心,直击心灵深处。

费尔法克斯

有何建议能够控制民众?

彼得

更大的痛苦能战胜温和的民众。
295 同情也随即被极度的恐惧驱逐。
谁为斯图亚特的脑袋惋惜,谁就得被抓。
如此,因人人自危胆战心惊,
他人之祸便无法如此撼动心灵。
即便国王的灵魂注入他们,
300 民众集结誓要复仇:

那就砍下领导者的头颅。

交出他们的财产。

你们会因这巨大财富获利颇丰。

一旦暴民分裂,权力就落入你手中。

谁若轻率地触犯这严格律法,死于暴乱谋杀, 305

为他惋惜!但需托词称:公正的上天

用意料之外的力量与应得的复仇

将秘密之事公之于众。

还有一点。我们决不宽恕。谁误入歧途,就将谁捅倒。

谁为非作歹,谁就命丧黄泉。 310

于自己获得的权力而言,没什么比温顺的椴树更令人厌恶。

比起被你释放的人,被宽恕的人更能意识到自己的错误。

谁愿意继续欠你财富、名誉、地位与尸身。

人总习惯于转赠金钱后再将其索回。

生命可贵,因此别徒劳地将它置于毫无把握的游戏之上。 315

即便是贵族也试图阻碍计划——

为何我仍在此喋喋不休,

即便没有我的建议,人们也可削弱他们的抵抗。

费尔法克斯

表明你的心绪吧!

彼得

我在因小事而滥用元帅宝贵的时间。 320

费尔法克斯

无妨。请讲下去!

彼得

既然有人愿听我一言,并假使我能向胜于我的智者施教,

那我断言,让贵族愈发强大的不过是头生子的特权。

　　　　　一旦将其取消,贵族就会毫无防备之力。
325　　要赋予同一父母同时出生的孩子同等的权利与地位,
　　　　　似乎太过分了。
　　　　　我的兄长优先于我,
　　　　　为何？只因我没有先于他挑中出生的日子,
　　　　　只因月亮多照耀了他九次,①
330　　我就应该被他夺走财富,沦为家奴侍奉他吗？
　　　　　我有着更敏捷的头脑,
　　　　　而他满脑云里雾里,游思妄想,还轻狂自负。
　　　　　谁不会称赞这样的结局呢？同为兄弟,平等继承。
　　　　　头生子们可能会暴怒,那你们就支持其他人。
335　　谁会无欲无求？
　　　　　谁会在自己的事上挡道阻拦？
　　　　　不只如此！他们会因此事而与你们结盟,
　　　　　他们因此找回了继承权与父辈的遗产,
　　　　　他们因此得到了庇护。
340　　当他们的部族繁衍增长,他们的财产也得以分散。
　　　　　人们之前尊崇的,在微尘中渐渐衰颓。
　　　　　然后从暴民中抬升至天堂的荣光出现,
　　　　　持武器者便可统治国家。
　　　　　而后整个不列颠便不再充斥贵族、伯爵和王子,不像卡顿和拉埃
　　　　　　　　提亚②那般。

---

　　①　对长子继承制的攻击,财产归属不应由偶然的九个月之差来决定。
　　②　拉埃提亚(Rätien)是古罗马行省,其地域曾囊括如今巴伐利亚南部、奥地利和瑞士的部分地区。此处可能指将弑君之举视为对神犯罪的哈布斯堡王朝。

克伦威尔

  言之有理! 345

彼得

  还需注意:你看上议院虽可耻地最终同意此事,
  却几乎无人与我们直言要判处查理死刑。
  所以尽快废黜!
  谁若不能像父辈一样牢记共同的困苦,
  谁若胆敢越过用手中刀剑为众人谋福祉的我们, 350
  谁若仍要朝拜受冕的暴君,
  (那个在长久的战争后终于摔下宝座之人,)
  (请相信)他对民众与军队便毫无益处。
  只要这片树林仍遮蔽着这国家,
  那人们便无法寄望于太阳。 355

费尔法克斯

  但若法律与牧师都反对我们又该如何呢?
  你看,无论我们拿牢狱、桎梏与困苦进行多么严厉的恐吓,
  他们都无所畏惧,直言怨言。

彼得

  元帅,请坚信,形势不会变好,
  直至法学家的名望地位消亡。 360
  我们坐拥胜利的力量,我们有权制定规章;
  因此立足于腐朽文书之物,都滚开吧!
  教会力量已死,依托于主教冠[①]之人,
  沉默抗争,四散奔逃,早就倒在劳德之墓上。

---

① 主教冠(Inful)是基督教中高级神职人员在礼拜仪式中戴的帽子。

365　　剩余之人操戈同室。长老们开始行动，①
　　　　提供援助与金钱，满足我们所愿，
　　　　他们引来凯利顿的军队与民众，
　　　　夺走国王手中的权杖与宝剑，
　　　　如今却十分苦恼，因那不听头领指挥，
370　　只要自己做主的人群，居然致力于促成砍头，
　　　　给出最后一击。人群失去理智，暴怒异常，
　　　　看起来却十分安好。不要仅斟酌这悲剧的结局，
　　　　也想想这悲剧的开端，说说是谁更为勇敢。
　　　　事已至此，追悔莫及。
375　　但对我们有利的是，这群人分裂阵营，互相撕咬，
　　　　推诿指责，争执不休。

克伦威尔

　　　　我们现在必须挑拨法官们彼此对立，
　　　　这样无需我们抗争，他们的风暴便自行消退。
　　　　我会立刻安排人前去大喊，
380　　就说斯图亚特之子将被剥夺王冠与权力。

费尔法克斯

　　　　你呢？你匆忙奔向何处？

彼得

　　　　奔向刑场。

第七场

人物：费尔法克斯

---

　　① 下文暗示了长老会与议会军之间多变的交锋。

提要：费尔法克斯认清了彼得和克伦威尔的虚伪说辞和丑陋面目，他向上帝诉说自己的内心矛盾，不愿与刽子手同流合污，同时也认清自己力量渺小，虽已向夫人许诺，但终究无法营救国王。

费尔法克斯

去吧，你这流氓中的流氓，用四溅的鲜血满足你的欢愉吧！
毁灭这个国家，如你所愿，将它变成荒芜的岛屿吧！
你这假装虔诚的无赖。我颤抖，我呆望，我惊恐地目睹： 385
恶行如何将自己隐匿于教会外袍之中，
如何用神圣假象煽起一场大火，
如何在粉墨修饰下暴怒发狂。
那个被派遣来教导阿尔比恩之人，①
厚颜无耻地损害托付于他的职位。 390
他丢下布道坛，漂洋过海来到我们这里，
却为斯图亚特的脑袋带来了最为惨烈的袭击。
他本应宣扬神的话与和平，
却急忙与恶人狼狈为奸，
在布道坛上煽动民众加入屠杀， 395
挑唆起刀剑、枪炮与谋杀。
这无耻之徒利用盔甲、刀剑与指挥棒，奔向那罪恶的杀戮。
（不顾良知！不顾职责！不顾天职与地位！）
他与克伦威尔结成亲密的同盟，
提议囚禁查理， 400
唆使军队同僚在法庭上狠狠地羞辱他，
组建血腥议会，

---

① 指独立派的领袖胡果·彼得。他在 1640 年长期议会召开之时从美洲回到英格兰，挑唆独立派人士暴乱。

力图诽谤所有与他意见不一的人。
在他将法律与阶级弃如敝屣后,还敢自称光明与精神!
405　人们称之为精神自由,无人可见,
无人拥戴,罪人不再恳求,
驱逐压迫良知的束缚,
撕碎灵魂中的忠诚。
我知道,人们试图把人群分开,
410　(我亦察觉)人们试图秘密袭击我,
注意我的言语、行动与交际,
轻率地怀疑忠心的效劳。
我只需感谢我的刀剑与拳头,
使我尚不致发现自己在薄冰上摇晃,
415　因为某些人愿看见自己因我的倒台而上位。
但,还有什么意外不会在当下发生!
主啊!永恒伟大的主啊!为何我如此自相矛盾!
我的灵魂将我恫吓,如此畏惧这激烈的暴怒!
我无法苟同于刽子手之流,①
420　也没签署残酷的判决书,
我早已说明,我不愿斯图亚特赴死,
那全知的人知道,这决议使我多么悲痛!
我曾,我本该,唉!若此事在我的权力范围内,
尚能考虑在囚架与斩首斧之下挽救他的首级,
425　可这令我厌恶之事已被推行,
多数人已签字同意这场谋杀。
近观灾祸之人和远闻悲剧之人,

---

① 这一点在本幕第 32 行彼得的言语中得到证实。

查理一世的死刑令

都认为我以最恶毒的方式损害了荣誉,
并将这被我唾弃之事算在我头上。
430 我带着压抑的心灵找寻的东西,谁能赐予我?
让我得以有朝一日向所有人澄清,
以免莫须有的罪责压迫我寂静的坟墓。
破晓吧,人们期待的日光,在日光之下才能言说,
谁曾火上浇油,谁曾雪中送炭!
435 为何我看着眼前的痛苦还能想到那么远?
我受伤的夫人,我如何向你兑现诺言?
唉!你这惊慌失措之人,将会流露出怎样的神情、
流淌着怎样的泪水迎我这个忧愁之人!
我还必须用欢喜的眼神掩盖
440 内心的苦痛与极度的厌倦,哦痛苦啊!
必须?我还必须继续为那流氓行径,
我?像奴隶般将我的姓名、荣誉与拳头出借?
决不!人们今日打碎国王的宝座与权杖,
我就在他的坟墓旁抛下手中的指挥棒。

第八场

人物: 普法尔茨选帝侯的内廷总监①、荷兰遣使

提要: 内廷总监与荷兰遣使出场,代表同为君主制的外国势力谈论这场不列颠的闹剧。作者借普法尔茨内廷总监之口表达了君主国

---

① 普法尔茨选帝侯卡尔·路德维希(Karl I Ludwig, 1617—1680)派来的使者。

之间命运休戚与共的观点,敬告所有君主勿隔岸观火。

内廷总监
 事已至此。野蛮的不列颠怒火冲天,   445
 已作出决议,要取国王人头。
 恳求也于事无补。
 在这毫无理性可言之地,理性的发言只是徒劳。

荷兰遣使
 穿过阴冷的空气,驶过特里同①滔天的海浪,
 越过支离破碎的冰川,闯过宛若地狱的风暴,   450
 风暴中的严寒还使我们的船舵失灵,
 我就这样冒险踏入这个比它的大海更野蛮的国家。
 徒劳努力之后,我作为被传唤而来的证人,
 惊愕地目睹这骇人听闻的开端!
 好一出血腥残忍的戏!   455
 曾在艰难岁月获得不列颠忠诚守卫的巴图②,
 从这件事后还会信赖不列颠几分呢?
 这个执拗地作出审判的不列颠!
 不列颠悍然不顾,尸横遍野,
 盲目地从深邃的宁静堕入万丈深渊中。   460

内廷总监
 先生,我们不必仅仅诅咒此时!
 若我们回看国王的岁月和残暴的时间,

---

① 特里同是希腊神话中海之信使,海王波塞冬之子。他随身携带的海螺壳能作为号角唤起风浪。
② 巴图,指荷兰。此处影射了英国曾在荷兰对抗西班牙时给予荷兰支持。

每一天都能看见王侯身受的桎梏。
发生在他身上的有，
465　　不仅是凯利顿背信弃义将他移交，
不仅是他身陷囹圄，远离侍从、谋士与友人，
在哀叹声中消磨那愁思茫茫的生命。
不！他的权力已衰败，
就在人们从他手中夺走那神赐予王侯的宝剑时，
470　　在他被包围的宫殿始终充斥着暴乱骚动时，
在轻浮的流氓无赖如洪水般聚集肆虐时，
他们行径无耻，我不知什么在透过窗户大喊，
在人们从他身边抢走了所有
曾为他衷心效劳赴汤蹈火之人时，
475　　在他无力改变那对温特沃斯的致命一击时，
在这令人惊愕的一天要目睹他退却时，
在人们在教堂和圣坛宣扬
要对抗王位与这位被上帝涂膏者时，
在他被诽谤为异教徒时，
480　　在布道坛的光辉让民众举起屠刀时！
在霍瑟姆拒绝移交赫尔时，①
在人们于边山②全副武装迎接他时，
在约克与布里斯托尔失守，在格洛斯特陷落时，

---

① 约翰·霍瑟姆爵士（Sir Johann Hotham）是一名政治家与国会议员，在内战前夕管辖赫尔州（Hull），这里也是查理一世的军火库所在。而霍瑟姆支持议会派，拒绝查理一世及其保皇派军队进入赫尔，使国王无法获取赫尔的大量军火。

② 随着国王与议会的矛盾冲突加剧，1642年，边山（Edge Hill）之战打响，成为英国内战的开端。

在蒙特罗斯逃跑,而珀伊尔被俘获时,①
那时国王的权杖就已掉落。 485
如今他将尸体移交给不列颠的看台,
作为暴行的见证,作为奇异的图景,
作为不列颠即将面临的困境的序幕。
先是国王赴死,现是王国亦亡。
让我们用叹息连连的哭泣来庆祝这一天, 490
号哭叫喊必响彻格劳庇乌山②之巅。
唉!唉!今天,英格兰拿着斩首斧的手对准了自己。

荷兰遣使

如今可见,那曾经追寻自由之人,
惨遭驱赶,四处逃窜,东躲西藏,身陷囹圄,含羞忍辱。
上议院如今也徒有其名。 495
而通过口诛笔伐惑众之人,如今已手握武器稳坐泰山。
我们须尊重克伦威尔,
费尔法克斯比起特权阶级更愿先听我们一言。

内廷总监

累累战鼓才能抑制暴徒。
咒骂国王之人,不仅仅想取而代之。 500

荷兰遣使

千辛万苦、百般央求,

---

① 詹姆斯·蒙特罗斯(James Montrose)与约翰·珀伊尔(John Poyer)均为查理一世手下军官,在内战中被议会军击败。

② 格劳庇乌山(Mons Grampius)横跨苏格兰中部,是苏格兰高地与苏格兰低地的自然屏障。

昨日他终于允许我们一见残缺议会。①
我们还有异议没有提出？
事情缘由也已阐明！
505　人们听从我们，不过是假象。我们别无所获！
只明白了：国家福祉要求国王丧命，
人们对此事已思虑良久，
此事危急，必须如此收场。

内廷总监

普法尔茨选帝侯还有什么没尝试？他有什么没敢做的！
510　早在国王当着所有民众的面被控告之前！
在人们毁掉权杖、对着国王的脖子大放厥词之时，
是什么阻止了我的君王？
哦，扭转的时运啊！
曾想保护我们之人，已手无寸铁、岌岌可危。
515　曾予我们希望之人，如今除了死亡别无所求。
他曾震慑巴伐利亚，挑起维也纳内部猜忌，
他被伊比利亚窥伺，被莱茵河信赖，②
德国看见他让敌人闻风丧胆，
如今这个人却要在他的城堡前被刽子手砍头！
520　哦，天啊！从今往后人们都唾弃这一天！
你们这些悄悄地火上浇油的人，

---

① 1648年查理一世被俘后，长老会领导的长期议会不愿与国王完全决裂，试图与国王协商和解，拒绝审判国王。以克伦威尔为首的新模范军于1648年12月6日率军队封锁议会、甄别议员，仅留下部分支持者组建下议院，史称残缺议会(Rumpfparlament)。残缺议会审判了查理一世并判处其死刑。

② 三十年战争期间，查理一世曾与哈布斯堡王朝、巴伐利亚及西班牙就普法尔茨问题进行斡旋。

好好想想,难道一把斩首斧当真能砍下斯图亚特的首级?

难道他的灭亡不是你们的死亡序幕?

难道他在风暴中倒台,你们却能安然无恙?

我在说什么!我在对谁说! 525

詹姆士①的灵魂降临吧,抖落身体上的灰尘!

詹姆士的灵魂降临吧,颤抖吧!人们竟如此对待你的血脉!

詹姆士的灵魂降临吧,在你所及之处对受冤之人的耳朵大喊,呼唤正义的复仇。

欧洲的诸神②请聆听斯图亚特的叹息!

众神领悟吧!领悟并教导他人宝座是多么易逝。 530

欧洲的众神明辨吧,认清你们自己与你们的职责。

伟大的邻居正在燃烧殆尽。

受冤之人请思索,那将在此地流淌的鲜血,

会浸湿查理的裹尸布,那也是你们的血,与你们同根同源!

受冤之人!你们尚能安睡? 535

查理用鲜血写下,你们此时应做之事!③

荷兰遣使

我似乎已看见海上遍布战舰,港口被人侵占,

不列颠肥沃的草场上到处有人安营扎寨。

城市,火光冲天。少女,深陷泥潭。

军队,沦落沙洲。海峡,劫匪作乱。 540

土地,败井颓垣。教会,惶惶不安。

村庄,惨遭蹂躏。邻国,狼狈为奸。

---

① 应指查理一世父亲詹姆士一世(James I)。
② 这里的神并非宗教意义上的神,而是应指欧洲各大王侯和统治者。
③ 格吕菲乌斯试图借这一段言辞恳切的雄辩来劝说欧洲大陆各王侯介入英格兰事宜。

　　　　我似乎看见烈火突袭卡顿，
　　　　就在伊比利亚褪色的洪流
545　　用假面隐藏了它的暴虐，
　　　　而我父辈的鲜血从两岸渗漏时。①
　　　　我见到各方敌人，此处形势尽管不容乐观，
　　　　祝愿好运，祈求公正。

第九场

人物： 两位英格兰伯爵

提要： 两位英格兰伯爵出场，作为不列颠贵族代表点评时局，表现出两者迥然不同的政治态度。

第一位英格兰伯爵

　　　　主啊！你超越时间，在永恒的王座之上
550　　让我们凡人不僭越自己的目标。
　　　　为何我的生命尺度要延续直至今日？
　　　　为何人们不早早用尚未沾染民众鲜血的沙子
　　　　来掩埋我这苍老的脑袋？
　　　　为何我没能先于祖国丧命？
555　　它已奄奄一息，在创痛中犹疑煎熬。
　　　　要用活着来代替对我的惩罚吗？
　　　　这里人们磨光了剑，对付我们，
　　　　那里人们用刽子手围住了惶恐的民众，
　　　　这里人们用查理之死抛弃了不列颠最后的福祉，

---

① 有观点认为此处影射了西班牙对荷兰的压迫。

那里人们已让伯爵和法官身陷囹圄， 560
　　不列颠还能对苦难有何期待？
　　（因年轻人愿赐予我第一股力量，）
　　若地下的烈焰将火药送上天空，①
　　将令人震惊的白日变为可怖的黑夜，
　　如同地狱一般， 565
　　还将被驱逐的泰晤士河混杂着恐惧的波浪变为灰败的烂泥。
　　谁若想一击打败雷雨，
　　那疲累的尸体就在漫长的死亡恐惧中胆战心惊。
第二位英格兰伯爵
　　多年的负担带来满心愤懑与满头白发，
　　更添烦闷厌倦， 570
　　为人喜爱的是悬而未决之事，
　　因这甜美的世界要对这第一次绽放笑脸相迎。
　　令人不喜的是，每个时刻不是快活，就是恐惧，
　　不是安宁，就是争端。
　　假若世事无常， 575
　　那能像上天一样从高处目睹这场戏，岂不妙极？
　　正因我们也经受苦难：
　　若我们注定与此分离，那我们还有什么可失去呢？
第一位英格兰伯爵
　　要带着无畏勇气目睹世事变幻。②
　　即便身处戏中，（因为困境） 580
　　用他的血来供奉圣坛、国家、议会与教义也并非好事。

---

① 指1605年的火药阴谋，可参见第二幕227行。
② 此处可见两位伯爵看待时事的不同态度，第一位伯爵呼吁殉道者般的无畏勇气，第二位伯爵屈从于命运女神操纵的无常世事。

是的,去追求最高的荣誉,
正是我们所做之事,
我们亲手任性地将教会与王座付之一炬,
585　将国家与城市燃为灰烬,
要从余烬中升腾新的烈火,用鲜血洗净鲜血。
方才所言,离题太远!
无人会称颂那放任自家的船触底的人。

第二位英格兰伯爵
人们有时无法仅借助火灾与刀剑痊愈。

第一位英格兰伯爵
590　国将不存,何谈痊愈?

第二位英格兰伯爵
国家难道只因君主权力而存在?

第一位英格兰伯爵
因君主及守卫他的臣仆而存在。

第二位英格兰伯爵
人们命谁守卫不列颠?

第一位英格兰伯爵
谁不知晓阿尔比恩的议会?

第二位英格兰伯爵
595　若旧国王下台,议会将任命新国王。

第一位英格兰伯爵
是何人攻击国王?是何人伤害教徒?

第二位英格兰伯爵
难道不是上下议院表决通过了斯图亚特之死?

第一位英格兰伯爵
难道如今上下议院能享有自由?

第二位英格兰伯爵
　　难道有人质疑上下议院的权力吗？
第一位英格兰伯爵
　　难道上下议院不早就无所事事？ 600
第二位英格兰伯爵
　　因谁？因那个致力要给予我们自由之人！
第一位英格兰伯爵
　　在上下议院取消议席、废除法律之时？
第二位英格兰伯爵
　　是谁逼迫议会自行解散？
第一位英格兰伯爵
　　是谁一会攻击这，一会攻击那？
第二位英格兰伯爵
　　是情急之下，为了震慑诸多妄念与固执！ 605
第一位英格兰伯爵
　　谁允许我们的军队囚禁我们？
第二位英格兰伯爵
　　为何人们不看到军队好的一面？
第一位英格兰伯爵
　　为何军队不想想那忠诚的誓言？
第二位英格兰伯爵
　　若要改变国家，这样是不行的！
第一位英格兰伯爵
　　若河岸淤积，这样也没用！ 610
第二位英格兰伯爵
　　河流在此地席卷之物，将在那处涌现。
第一位英格兰伯爵
　　它带走了和平！给我们的安宁带来了什么呢？

第二位英格兰伯爵

  细小纷争可以改善长久的安宁!

第一位英格兰伯爵

  坦白而言,是毁坏长久的安宁。它的面目完全不同。

第二位英格兰伯爵

615 开端清楚可见。祈祷不是自由的吗?

第一位英格兰伯爵

  哦,悲痛啊!竟在不列颠看见更多异端?

第二位英格兰伯爵

  坎特伯雷①已倒台。主教冠烟消云散。

第一位英格兰伯爵

  所有的教会纪律也随之废除!

第二位英格兰伯爵

  人们设立忠诚的长老②取缔其位!

第一位英格兰伯爵

620 他们在何处?他们能听见暴怒的教徒吗?

第二位英格兰伯爵

  人们不应由结果来评判建议。

第一位英格兰伯爵

  没有教会约束,人能管理庞大的民众吗?绝无可能。

第二位英格兰伯爵

  主教之帽不也被诸多罪恶染黑?

第一位英格兰伯爵

  一名法官伪饰,这一公职就要遭人讥嘲吗?

---

  ① 代指被处决的大主教威廉·劳德。

  ② 教会长老(Presbyter)一般为新教教会中具有威望的教徒,负责维护教会纪律,指导教会对外事务。

第二位英格兰伯爵

  主教冠曾考虑恭迎异端。 625

第一位英格兰伯爵

  不是在他们倒台后才有更多异端蔓延的吗?

  它们摇旗呐喊,招摇过境!

  一言以蔽之!我们所行之事,毫无益处。

  人们放任刽子手,使温特沃斯人头落地:

  爱尔兰有什么苦痛没有承受? 630

  当王侯被逐出自己的城堡,我们又有什么没承受的?

  我们本要追求自由,如今却受奴仆挑唆。

  昔日我们不愿恭迎金色权杖,

  如今这大小权杖皆为锋利刀剑掩埋。

  昔日微薄的税赋尚令我们不堪重负, 635

  如今我们却被一支永不餍足的军队不断压榨。

  昔日献给国王一点东西都觉难以忍受,

  如今立身的金钱也被夺走。

  昔日主教遭人驱赶,如今贵族紧随其后。

  曾对斯特拉福德宣告血腥审判之人, 640

  曾将受尽屈辱的劳德引上刑场之人,

  如今品尝到了失去自由,亲吻枷锁与斩首斧的滋味是多么甜美。

  如今国王倒台!我们的幸福也随他消亡,

  请思虑得失。

  在他倒台之后,一队暴君取代一位暴君, 645

  对我们进行残害和驱逐。①

---

① 这是当时政治思潮中反对人民政权(Volksherrschaft)的一个常见观点,认为一个暴君的倒台会导致多位暴君的出现。

怎么？人们难道认为，这斩首斧会停下？

取了查理首级之后不会再对着我们的颈项？

谁为国王效忠，敏捷地拿起刀剑，

650　谁能比克伦威尔多能指明两三位祖先，

谁还没因内战而倾家荡产，

谁还没负债累累，这个人要想着：

晚安，刑场为我而设。

当国王的复仇在我们的血液里得以冷却，我们还有什么感受不到？

655　当军队邻近！忧愁的灵魂停下吧，

自食你的苦果！吞掉噬咬你的！

一种苦痛，中断强大的心脏与生命，

耗尽气力与灵魂，确实不可言说的！

比所有攻击更残酷，比所有刀剑更锋利的，

660　便是想说却不能说。

第二位英格兰伯爵

结局最终会与你的恐惧与想法相悖。

事情对我们有利，我们走在正道之上。

第一位英格兰伯爵

哦，但愿啊！但愿上帝！我怀疑！他败了！

愿这并非通向你我二人刑场之路。

第十场

人物：克伦威尔、苏格兰遣使

提要：克伦威尔与苏格兰遣使会面，苏格兰遣使指责克伦威尔无权审判苏格兰的领袖，揭露残缺议会的虚假和军队的暴行。克伦威尔称自己虽曾发誓效忠国王，但不得不遵从上帝正义的指引来审判国王。

苏格兰遣使

斗胆一问,你们有何权利拒绝我们的请求? 665

克伦威尔

为了你们自己的福祉,我们才不得不拒绝。

苏格兰遣使

什么? 福祉? 你们已经在嘲笑我们的首领!

克伦威尔

法官的严厉会被神圣之法谅解。

苏格兰遣使

谁赋予你们权力审判苏格兰的首领?

克伦威尔

我们必须以忒弥斯的正义之斧平息不列颠的纷争。 670

苏格兰遣使

你们就如此卑劣地背弃那崇高的誓言?

克伦威尔

因为斯图亚特也将对我们的承诺抛诸脑后。

苏格兰遣使

他所宣之誓,皆极尽努力去实现。

克伦威尔

在他的护卫队反抗我们远走时?

苏格兰遣使

你克伦威尔也曾多次宣誓为了查理的福祉尽责!① 675

---

① 作者在评注中解释,在多处历史记载中,克伦威尔曾被质询是否仍记得自己曾宣誓效忠国王,决不觊觎其王位与特权,永不伤害其性命。克伦威尔承认曾经的誓言,并宣称自己多次在祷告中向上帝为国王祈福,但他内心的神力(göttliche Kraft)却不允许他这样做。即克伦威尔虚伪地强调自己的弑君行为由上帝引领,具有正义性与合法性。

克伦威尔
　　是的,都是我遵从上帝发自内心所为。
苏格兰遣使
　　那你如今又为何言而无信,违背你的祈愿?
克伦威尔
　　因上帝在我体内的灵魂驳斥了我的祷告。
苏格兰遣使
　　苏格兰人将国王交付于你们,难道是为了让他受辱吗?
克伦威尔
680　倒是说说,你们苏格兰人当时为何不深思熟虑!
苏格兰遣使
　　你们用誓言劝说我们移交国王。
克伦威尔
　　我们不会对欺骗我们的人履行誓言。
苏格兰遣使
　　怎么?你们还能用这种指责来攻击苏格兰吗?
克伦威尔
　　要是苏格兰像不久前一样向我们宣战的话。
苏格兰遣使
685　我们此前是为国土的性命而战(正义之举)。
克伦威尔
　　而公正的主已将胜利交予我们。
苏格兰遣使
　　不列颠不必猖狂,这一天还未过去!
克伦威尔
　　我们已然赢得今晨。
苏格兰遣使
　　笑得太早的,常在晚上哭泣。

克伦威尔
　　今日斯图亚特的首级就是胜利的另一证明。 690
苏格兰遣使
　　好！如今他的失势也是你们的下场。
克伦威尔
　　我们势必行动！让我们看看，什么是神与公正想要达成的。
苏格兰遣使
　　哦，公正！歪曲的公正啊！谁曾真正公正地说话？
克伦威尔
　　是整个不列颠要折断斯图亚特的权杖。
苏格兰遣使
　　整个不列颠？请说出两三个因国王之死而喜悦的人！ 695
克伦威尔
　　难道不是议会自己任命了法官吗？
苏格兰遣使
　　议会？它在哪儿？在什么监牢地狱吗？
克伦威尔
　　无人被监禁，除了贪功逐名的灵魂。
苏格兰遣使
　　谁在判决？谁不是被你们的武器挟制？
克伦威尔
　　是熟知国家习俗与基本法之人。 700
苏格兰遣使
　　是缺少勇气与力量揭示真相之人！
克伦威尔
　　谁愿让自己的心灵徒增他人罪责的负担！
苏格兰遣使
　　从他人失势中寻求好处之人。

克伦威尔
　　王侯之死对我们并无太多好处。
苏格兰遣使
705　　那是什么促使你们如此卑劣地挥洒他的鲜血？
克伦威尔
　　因为有一百五十人表决赞同。
苏格兰遣使
　　近三分之二的人在两三天后不见踪影。①
克伦威尔
　　尽管如此，法官数量也不少。
苏格兰遣使
　　你们使用强权不能收服多数人心。
克伦威尔
710　　我们仍然有上千熟悉法律之人。
苏格兰遣使
　　几乎全部是为强权所迫而支持你们。
克伦威尔
　　浑浊的双目从未洞察事情的价值。
苏格兰遣使
　　的确。我无法理解这惩罚。
克伦威尔
　　你们难道不知道找寻罗马密信吗？②

---

① 根据法案，最高法院审判团由超过150名法官组成，但第四次审讯国王时仅有67人出席，处决国王的命令则只有58人签署。
② 查理一世与大主教劳德为了迫使英格兰与苏格兰教会统一，进行了一系列不得人心的宗教改革。1636年，查理一世在苏格兰推行新的礼拜仪式，这成为苏格兰第一次反抗的导火索。

苏格兰遣使

　　你们如何知道那受冤之人所写的信件？

克伦威尔

　　密信已被隐藏多年！

苏格兰遣使

　　隐藏多年？又是谁使它重见天日？

克伦威尔

　　是时间，它从墓穴中唤醒不见天日之物。

苏格兰遣使

　　的确如此！他亦是在为白金汉①所行之事赎罪忏悔！

克伦威尔

　　难道他没有放任坎特伯雷作恶多端吗？

苏格兰遣使

　　坎特伯雷不是为了他的罪责受过了吗？

克伦威尔

　　难道查理没有让自己的国家深陷腥风血雨吗？

苏格兰遣使

　　好啊！把所有的罪责都归咎到他身上！

克伦威尔

　　是谁挑起了爱尔兰的起义？

苏格兰遣使

　　是谁砍了斯特拉福德的头从而斩断了爱尔兰的缰绳？

克伦威尔

　　难道查理没有让他的战士们向他国进攻吗？

---

　　① 指乔治·维利尔斯（George Villiers），第一代白金汉公爵（Herzog von Buckingham），詹姆士一世与查理一世的重臣，因其政治立场不清晰而与议会产生冲突，1628 年被刺杀。

苏格兰遣使

　　你们亮出之剑难道从未出过纰漏？

克伦威尔

　　是他拔出刀剑！一切皆因他而起！

苏格兰遣使

　　那为何又有人在怀特岛渴求与他达成协议？

克伦威尔

730　　怀特岛的协议被撕毁是再好不过。①

苏格兰遣使

　　只因他认同议会的话语与全权！

克伦威尔

　　因议会将我们的胜利与汗水付之一炬。

苏格兰遣使

　　因所有的暴力与纷争都是同一个下场。

克伦威尔

　　而人们从我们手中夺走我们的胜利果实。

苏格兰遣使

735　　为了和平有何不可让步？

克伦威尔

　　你们觉得，我们流血就像小溪淌水那么简单吗？②

苏格兰遣使

　　为了和平，人人都得作出牺牲。

―――――――

　　①　查理一世被囚怀特岛时几乎与上下议院达成和解协议，但是后来他被军队带离怀特岛，前往法庭受审。
　　②　克伦威尔一派认为，若只寄希望于与国王达成协议，无异于向国王让步，他们的胜利将失去意义，之前的战斗只是徒劳的牺牲，因此他们强烈阻止议会与国王在怀特岛上达成和解协议。

克伦威尔
　　胜利者就可保留他的优势。
苏格兰遣使
　　国王的让步远比他渴求的多。
克伦威尔
　　即便如此！谁能为他的承诺作保？

苏格兰遣使
　　你们不仅有他的承诺，还有他在手上作人质。
克伦威尔
　　囚徒一旦获释，只会翻脸无情、反眼不识。
苏格兰遣使
　　请允许他解释，并接受他的保证。
克伦威尔
　　告诉我，谁能担保军营、土地与国家？
苏格兰遣使
　　我的国王！你无罪的生命竟无法拯救自己！

克伦威尔
　　即便是虔诚之人也可能成为糟糕的君主。①
苏格兰遣使
　　你纯洁的灵魂，你忠贞的理智！
克伦威尔
　　此为常人称颂，却并不适合君主。
苏格兰遣使
　　你死后，谁人不会蔑视阿尔比恩？

---

① 在政治文论中，以色列第一位君王扫罗王（Saul）常作为虔诚信教，却不能成为明君的范例。

克伦威尔

750　　解放不列颠之事,又与旁人何干?

苏格兰遣使

我们贞洁的信条不会因谋杀国王而被玷污吗?

克伦威尔

贞洁的信条将被他的鲜血唤醒。

苏格兰遣使

我们本该将杀害国王之事移交给罗马!

克伦威尔

难道就无苏格兰人称赞我们的法官席吗?

苏格兰遣使

755　　主啊,众君主的主难道允许这样的血腥惨剧发生吗?

克伦威尔

受压迫者的主将由此赐予我们安宁!

苏格兰遣使

上天亦守护着受其加冕之人!

克伦威尔

亦会打碎嘲讽真正的法的人的宝座。

苏格兰遣使

国王喷洒的鲜血呼号着复仇,呼喊着神!

克伦威尔

760　　不列颠人流的血要拿血来偿还,依照神的诫言。

苏格兰遣使

世袭君主倘若获罪于神,那么也只有神有权惩罚他!①

克伦威尔

神如今借被压迫者的武器行使他的权利。

---

①　体现君权神授的思想,君主只能被神审判。

苏格兰遣使
　　权利若被人削减,亦能称作神的权利吗?
克伦威尔
　　那顽固的暴君砍下反抗者的头颅就是神的权利了吗?
苏格兰遣使
　　人们总拒绝他迫切的恳求!①　　　　　　　　　　　　　　　765
克伦威尔
　　只因他亦缩短了聆听的时间。
苏格兰遣使
　　由此他未经审讯而亡,成为不列颠的最大耻辱?
克伦威尔
　　为何他不能更好地利用时间呢?
苏格兰遣使
　　为何?你们此时的一个小时如此宝贵吗?
克伦威尔
　　一场大火可能在转瞬之间熊熊燃烧!　　　　　　　　　　　770
苏格兰遣使
　　哦!愿这火焰不要燃尽整个阿尔比恩!
克伦威尔
　　以国王之血熄灭大火,我们便不会惨遭蹂躏。
苏格兰遣使
　　想想,诸王之王多么常闻见这鲜血?
克伦威尔
　　顺其自然吧!判决早已宣告。
苏格兰遣使
　　最高者对罪行有何评价?　　　　　　　　　　　　　　　　775

---

① 国王恳切地请求众人对他进行公开审讯,却惨遭拒绝。

克伦威尔
　　最高者的宣告触及暴君的家族。
苏格兰遣使
　　难道今后你们的家族不会身陷火海？
克伦威尔
　　我们将来自会找到办法消灭这大火。
　　时间流逝！不必再向我请求，
　　超出我权力之事。恳求劳而无功。
　　就像你不能劈开这世界大地，
　　今天你们也不能拦住这砍首斧。
　　因为无可救赎，绝无，相信我：
　　除非神亲自降临此处。

第十一场

人物：胡果·彼得、克伦威尔
提要：克伦威尔与彼得会面，进行处决国王前最后的部署。

彼得
　　怎么？苏格兰总是没完没了！
克伦威尔
　　我不愿再与他们多费口舌。
彼得
　　卡顿人又在费尔法克斯耳边喋喋不休。
克伦威尔
　　苏格兰人还没离去，卡顿人就已站在门前。

彼得

 我们需尽快动身,过多访客毫无裨益。

克伦威尔

 开始吧!即刻动身!   790

 派出的人手是否已分散在各广场与巷道?

彼得

 部署十分妥当。港口亦由强军占领。

 重兵把守之地震慑着这苍白的城市。

克伦威尔

 就是现在!刻不容缓。

 据称有一伙人誓要营救斯图亚特的首级。   795

 因此务必小心宫殿,看住刑架,谨慎行事。

彼得

 更应该让那躯体裂开在烈焰中燃尽,

 在人们让肉与肉分离,肢体与肢体分离之前,

 在我流血的头颅挂在伦敦大桥上之前,

 在该死的查理逃离刑罚之前。   800

英格兰妇女与少女的合唱[①]

提要: 英格兰妇女与少女合唱,烘托出行刑前不列颠大地上悲伤、不安、恐怖的氛围。

[①] 妇女与少女的合唱是格吕菲乌斯作品中的常见意象,其他戏剧如《列奥·阿尔梅尼乌斯》(*Leo Armenius*)与《格鲁吉亚的卡塔丽娜》(*Catharina von Georgien*)也出现了妇女与少女的合唱,她们往往悲叹不公,并希冀自然界的神迹出现。

少女合唱

  尘世欢乐的金色光芒,
  获得了最伟大的创造:
  天空的装饰,最美的太阳。
  为何你的光辉永不消散?
805 纵有暴行你也傲然伫立?
  为何你不愿遁入云中?
  不愿用雷电的黑点,
  遮蔽你惊愕的面容?

妇女合唱

  黑夜,来吧,进入这一天,
810 来吧,你这可怕的黑夜:
  从普鲁托①的墓穴中飞出。
  就在罪恶的力量,
  拿起磨快的武器,
  挥向玛丽的颈项时。②
815 来吧夜色,请笼罩佛斯里亨③,
  它已完成它的暴行。

少女合唱

  菲碧④用她湿润的面颊
  熄灭了柔美的银色月光。
  迷雾笼罩了

---

 ① 普鲁托(Pluto),罗马神话中的冥王,阴间的主宰。此处影射耶稣被钉上十字架是地狱的杰作。
 ② 指玛丽·斯图亚特。
 ③ 参见第二幕第170行注释,是玛丽女王最后被关押和斩首的地点。
 ④ 菲碧(Phoebe),希腊神话中的月亮女神,十二泰坦神之一。

阿斯特蕾亚①的面庞。
唯有俄里翁②拔出他的宝剑
对准不列颠的教堂与信徒。
美杜莎③的蛇辫
在我们头顶兴风作浪。

妇女合唱

不！我们不希望有任何隐瞒，
关于用父辈的鲜血
玷污太阳与日光之事。
这使我们振奋勇气！
让我们瞧瞧是什么在身后捣鬼，
是什么将我们抬上停尸床，
看看风云如何变幻，
看人们如何解除誓言与责任。

少女合唱

王啊！你这被现世、永世
与后世崇敬之人。
让人带你去刑场吧。
谁若听见你的最后一声叹息，
谁若目睹你巨大的勇气，
谁若注意你的神情，

---

① 阿斯特蕾亚(Asträa)，希腊神话中的正义女神，在人们犯下罪过前重新逃回天上成为了处女座。处女象征着纯洁的心，也是公正的来源。
② 俄里翁(Orion)，海神波塞冬之子，在希腊神话中以猎人形象出现，死后化为猎户座，此处指星座。
③ 美杜莎(Medusa)，希腊神话中的戈尔贡女妖之一，任何直视她双眼的人都会变成石像。她以蛇作为头发，而蛇常常象征着罪孽与魔鬼。

　　　　　谁就会抛却一切猜忌，
840　　　发现你的流血多么无辜。
　　妇女合唱
　　　　　王啊！许多见证者
　　　　　围绕在你的刑架下，
　　　　　可悲啊，若你屈身，
　　　　　不列颠的福祉定会消亡。
845　　　不列颠的福祉托于你身，
　　　　　却自己对抗自己，
　　　　　在你倒下之时，
　　　　　它会溺死在你的鲜血里。

第四幕*

第一场

人物：查理、居克逊、汤姆林森①

提要：查理已准备好慷慨赴死，但对签署斯特拉福德伯爵死亡判决之事自责不已。

查理

　　主啊，万王之王！我在垂死之际向您问好。
　　跪在您面前亲吻这冷酷的斩首斧。
　　请满足我尚能请求的临终所愿：
　　让我的灵魂沾染神圣的热情。
　　点燃我的心绪， 5
　　让它欣然承受光荣之耻。
　　让我勇敢无畏，
　　面对惨遭压迫的教会，分崩离析的王冠与受人蛊惑的民众。
　　你们这些安坐王位围观我被砍头的人，
　　且看这国王之权如何消逝， 10

---

　　* 第四幕由五场和幕间宗教与异端的合唱构成。查理直至死前仍在为处死斯特拉福德伯爵一事忏悔，费尔法克斯夫人的拯救设想最终破灭，至此查理之死再无转圜之地。独立派人士仍在强调审判国王的正当性，合唱中宗教却对这种虚伪行径作出了直接批判。

　　① 汤姆林森，军官。

且看权杖破碎之际我又如何超越这一切。①
尘世让我们厌烦,上天将我们召唤。
谁若能诀别,便是蔑视苍白的死亡,
对抗时代的束缚,必会从容跨越墓穴之法,
15　在臣仆编造出自己的谋杀法则,
又因王侯之死获得无尽的痛苦时。
这苦痛早已苏醒:在我们之后存活着的人,
会游荡在极度的惶恐与对死亡的恐惧间。
国与国、邦与邦之间相互倾轧,②
20　国会议席与圣坛神殿针锋相对,
此方压迫彼方,彼方端掉此方,
来犯者要承受最后一击。
直至这个向我们宣告残暴决议之人,
这个以放肆之拳击碎我们政权之人,
25　受制于无尽懊悔中,他将诅咒这一天,
在他的灵魂上找到我的滴滴鲜血。
直至这个胆敢侮辱我纯洁心灵之人,
血流不止,涕泗横流,四处找寻我。
然而!我并不在意。我请求:主啊,请宽恕!
30　别允许复仇,别用它来犒赏我们曾遭受的不公。
你们的王赦免你们!
主啊,请堵住耳朵,莫听他们谋杀的叫喊!
汤姆林森有何要说?

———————

①　此处是查理作为君主对其他君主的呼告,深刻表现尘世虚无(Vanitas)的主题,而殉道者将超越尘世的束缚,下文的表述也是此意。

②　下文是对损害神权政治会引起内战的预测。

汤姆林森

  查理王子,英雄之花,愿向陛下您尽忠效劳,

  并通过忠仆从卡顿寄来此信!   35

查理

  我不幸的王子! 我的儿子! 我离你多么遥远!

  多么遥远! 我离你多么遥远!

居克逊

  至高者会把今天打碎的重新联结,

  时间与不幸夺走的,将被我的君王永恒拥有。

查理

  诚然! 会拥有的,在神的身上,通过神重新得见。 40

  一位再收不到我们回信的悲伤信使也得以重振精神。

  我必须向朋友与子女寄送讣告,宣布查理将死。

  不! 走向荆棘冠①之人,不会毁灭!

  我查理将屹立不倒,纵使我躯体倒下,

  虚荣浮华的光辉,   45

  尘世虚无的荣耀,时代残酷的苦痛,

  世间终将腐朽之物,都将走上舞台,

  那属于我们的,却永远与我们在一起,

  别继续耽误时间了! 汤姆林森,你去吧,收到信时什么样,

  你就照样原封不动把王子的信寄回去。   50

  我们走在最后一段路上!

  无需让一封信件用苦痛的虚妄、

  悲叹的言辞和新的灵魂痛击,

  来把我们从已有的安宁中唤醒,徒增哀思。

---

① 此处指象征着尘世荣誉的荆棘冠。

居克逊

让万物安息的主啊,增添这份安宁吧。

查理

祂会的,并为我们的灵魂带来强大的帮助。

居克逊

祂的支持让身陷恐惧的纯洁良心恢复精神。

查理

那无罪却受难的人,用他的血洗净罪恶。①

居克逊

压迫我们之人,不得好死。

查理

请相信,最令我内心难安的是斯特拉福德之死。

汤姆林森

是法官判他上了断头台。

查理

他的无辜激起了我们头顶的闪电。

汤姆林森

国王您是受强权逼迫才交出了那人!

查理

如今才知,这样的胁迫给我们带来了什么结果。

汤姆林森

国王不得不做此事,只为安抚民众。

查理

确实如此,瞧瞧民众如今又想对国王做什么。

汤姆林森

温特沃斯曾向国王请求一死。

---

① 指耶稣用自己的血偿还人的罪孽。

查理
　　瞧瞧如今国王因此获得了什么。
汤姆林森
　　为众人太平，人们决定让一人赴死。 70
查理
　　作此决定之人已逝，而尚存之人行将赴死。
汤姆林森
　　判决由国会与教会宣判。
查理
　　任你如何用言语掩饰，此举罪孽深重。
居克逊
　　至高者会宽恕这令人长久懊悔之事。
查理
　　祂将以自己的鲜血将我们从这血中赦免。
　　振作精神！鲜血的号角，战鼓的雷鸣， 75
　　兵戈杀伐之声召叫我们上路。

第二场

人物：查理、哈克尔、汤姆林森、居克逊、贵族侍从

提要：查理回顾英国内战以来的历程，控诉议会军扰乱国家的和平，控诉民众审判君主。直至最后，他都为判处斯特拉福德伯爵死亡之事乞求上帝的宽恕。

哈克尔
　　我的君主！时代迫使我们陷入粗暴的枷锁，
　　违背意志和愿望，将此职责强加于我们，

让我们不得拖延,

80　　　　立刻把你从倾覆的宫廷带往最后的刑架。

　　查理

走吧!别吃惊!我已经准备好受难!

迫不及待要告别长久折磨造成的恐惧。

我们之后的人会成为严格的法官,

审判我们的不幸和我们的审判者。

85　　　　当宏伟的谋划凭借权力也无法得以实施,

只得变为可怖的图景,失去它的光芒,

苦痛之上便会再生苦痛,极少有人能忍受。

当事物的终点得以确定,

满怀渴望的人群在各处期待着,

90　　　　此事是否、如何走向终点。

多年以来,这广阔的国家在渴求什么?

是谁将陌生的重担压在不列颠的军队身上?

人们(有何权利)将七年的动乱果实①,

推诿到饱受压迫的我们头上,自己还不知有罪。

95　　　　怎么?难道人们不想尽最大努力平息暴乱,

阻止这洪水吗?

它肆意暴涨,

呼啸着越过国土和民众,溺死了国家,

然后将要决堤。

100　　　难道有什么方法能比这个行动更好地达成目的?

在行动(议会也对此表示赞成)中,

---

① 英国内战自1642年始,到查理一世被砍头的1649年已有七年。此处也影射《创世记》41章,埃及法老梦见七年收成、七年饥荒。

我们双方都致力于缓慢缔造和平。
若不是一支常胜之师匆忙把我们阻拦,
这膏药早已直接治愈所有苦痛和伤口。
就是那支胆敢(哦,简直难以启齿!)称我为死敌和暴君, 105
胆敢背弃他们对我宣誓履行的职责的军队。
现在请世界审判:
我是否正直地展现了坦诚的内心,
我是否真诚地宣布要赏赐给
朋友、下属,甚至还有敌人他们渴望的东西? 110
然而不!那些人视权力和无耻野心重于所有人的福祉,
对他们而言,这根本行不通。
那感伤和垂死的民众为这种希望所振奋,
可是,唉!这结局究竟如何应验?
你们在控诉什么?此前我很少让步, 115
如今却又屈服太多!还得去死!
因为我将剑锋亮出,所以戴上了可耻的枷锁,
因为我如今要和平,所以我要以头颅作证明!
不是你们将我这国王加冕为君主?
为何我如今竟比奴隶更受到讽刺? 120
我本可以让妻儿在身边享乐,
现在却必须妻离子散,不得安宁!
我曾受下属宣誓效忠,如今却更像奴仆!
给我答案!大胆说出来!如果你们的事是公正的,
查理的议员们自会控告,他们已被你们从我这夺走, 125
现在任何忠诚的人都不得来到我的眼前。
我现在只和神一起,我想问:
你们在我这指控谁?啊!多么不幸!

我越是想要努力谋取和平,
130　你们就越是努力要打消我的热忱。
如果你们什么都不说,那你们到底想从我这得到什么,
是否你们自己也不知你们所求为何?
想一想!我叩问你们和你们冥顽不灵的良知:
难道是我没有致力于实现你们的愿望吗?
135　若我想岔了,自会有上天降罚,
用猛烈的雷电击中我该死的头颅。
但既然我的努力(正如我的内心这样说!)
是为了国家的繁荣,
为何人们要将我置于那嗜我血者的利爪之下?
140　即使可怕的灾祸用神圣的表象装饰自己,
即使人们用羊皮来掩盖狼躯,①
但人是无法伪装的!
我直说了:除了那些顽固不化的,
没有谁会反对和平。
145　他们竭力上位,身为奴仆却胆敢作为主人进行统治,
还将暴民引到国王的宝座之上。
打着这些旗号的人,不但会毁灭一切,
自己也要做好毁灭的准备。
凡动刀者,必死在刀下。②
150　因叛乱而登高者,很快便会跌落。
轻率的墙头草一直改变,却憎恶改变。
他在这里为祸,又到那里作乱,

---

① 俗语中常说披着羊皮的狼,在政治文学中,狼常常指代陷入冲动的军人。参见《马太福音》7 章 15 节,"外面披着羊皮,里面却是残暴的狼"。
② 出自《马太福音》26 章 52 节。

只会犯下愚蠢的错误,
从而扰乱感官、教会、国家、阶级和王国。
直到极大的恨意将他从这光鲜中驱离, 155
他自己也因妄想①而固执地跳进更深的痛苦。
我知道,只有时间能够消除腐朽:
当瘟疫威胁阿尔比恩的所有生命,
当可怕的麻风病感染所有身躯,
以致半腐的尸体都没有这里闻起来恶心。 160
天热时,恐怖的恶臭会翻腾而起,
凭借厚重的空气与迷雾一起飘浮,
然后人们自己也逃离这恐怖之地,
那么(如果这种毒药持续数年的话,)
我可怜的不列颠大地也会充满厌恶地自鄙, 165
并向那罪魁祸首发怒。
还有一点,最后一点。主啊!众王之主!
成为我的证人和法官吧:我直至死亡,
都毫无过失地努力谋求和平。
那能洞悉人心的、永远闪耀的眼睛, 170
会看见:我削弱了我权利中那么多的权利,
正是依照我纯洁的良知在此事中对我的指示。
它也会看见:真正的自由之光,
在我的国度里众人期盼的欢乐之光,
不被任何东西在顷刻间遮蔽,除了那可恶的云②, 175
它是被那拿起武器对准国王的人民在空中唤醒的。

---

① 因冲动而作出错误的判断。
② 在雷雨相关的象征中,可恶的云表示动乱。

现在让这世界说一说,
一个阵营是否有权犯下如此暴行,
是否有权违抗法律和誓言,背叛自己的国家。
是否有权践踏国家、法律和自由。
这样的开端一定会遭遇可怕的结局,
水坝和堤岸将被摧毁,整个国家惨遭溺死。
若查理渴求行动只是为了自己的头颅,
那军队就会因此怨声连连,
现在就连议会也为大多数人所逼迫,
两方都曾逼迫我进行这和平的事业,
为何现在又指责我?是我同正义和神一起,
用自己的拳头为他们提供了真正的忠诚?
我不再怀疑,迷雾已经消散,
我带着最警觉的眼睛和内心已经洞察,
是谁损害了阿尔比恩渴求的宁静,
是谁让这惊惶的国土陷入新的烈焰。
那全知者会知道,我的不幸无法伤害我,
(任何恐惧我都能承受!)但当我想到我的子民时,
我的心在滴血,他们的苦痛让我心伤!
我的人民,无法像我一样,也将自己抚慰。
主啊,请按照我们悲伤的程度赐予他们和我力量,
请按照心灵受伤的深度增加我们的忍耐①。
在敌人织完复仇的圈套后②,
我更加准备好,交出已经活得太久的身躯,

---

① 忍耐是坚韧的前提。
② 当魔鬼化作猎人或设置陷阱时,网或圈套就是他们的标志。

我更加准备好,交出这王冠和灵魂,
就在他们急切地对着我举起砍首斧时。
我垂死的面容看见,上天风云变色,
孕育着烈焰,
(当复仇在漫天风雨中滴落时,)① 205
用闪电消灭那些拿起利剑反抗和平的该死之人。
正如上天要赐福给维护且热爱真正的和平之人,
那些嗜战嗜血之人的灵魂,
也必会因祂的诅咒而燃烧。
祂现在让我明白, 210
祂会对抗那些人和他们的暴虐来保护我。②
来吧!查理不会迟疑!亮出你们疯狂的刀剑吧!
让那浸毒的羽箭向着我的心脏飞来吧!
这胸膛已被保护好!查理绝不会倒下!
上帝是我的磐石和盾牌!③ 215
一个冥顽的人对我下达的决议,又与我何干?
你曾是我的王宫!现在却变成你的国王的囚牢!
此前被快乐萦绕的土地,如今却充满叹息!
比起查理至高的荣华,你们都太过渺小,
因为我被上天召叫。告别了!晚安! 220
来吧,温特沃斯尊贵的魂灵!我要为我的恶行赎罪。
我要像你一样求死:我要亲吻那砍头的斧子!
救主,俯看我!救主!请原谅!

---

① 雷雨象征着上帝的惩罚。
② 死亡提升了人类的神性,在死亡面前,殉难者可能得以辨认出上帝的旨意。
③ 参见《马太福音》16 章 18 节,以及《旧约》中《诗篇》18、28、84 等章。

救主,接纳我!救主!助佑我!①

第三场

人物:胡果·彼得(独自一人)
提要:反对查理的独立派人士也强调己方行动的正义性和神圣性。

彼得

225　　主啊!自打我生下来,
　　　已受够了苦。②
　　　若你愿意,请允许我在和平中死去!
　　　人们即将把暴君带往停尸床。
　　　那巴拉巴③要倒下!要为罪行忏悔,
230　　用受诅咒的死亡结束他残暴的一生。
　　　主啊!我感受到了你的全能。请为我们的福祉做功吧,
　　　用正义的斧头来武装惩罚和复仇。
　　　你给了神圣的军队权力,去捆绑国王,④
　　　用镣铐和枷锁束缚贵族。
235　　谁曾想到这些?光芒对准了今天,
　　　清楚地映射出,

---

① 查理为判处斯特拉福德死刑而感到罪孽深重,直到最后都在乞求上帝的原谅。
② 整段独白都来自历史上彼得的原话。
③ 巴拉巴,此处指查理一世,参见第三幕第46行注释。
④ 神圣的军队,指独立派人士。参见《马太福音》18章18节,称"捆绑"即定罪。

在那让世界顷刻间陷入恐惧的最后一击后,
我们如何审判国家和国王,
主啊,如何审判那些违背你的旨意,
欲把俗世诸神的王位当成你的宝座的。①
快点!我得走在前!冒着一千次的生命危险,
我也要去看这场奇景。
在此之后,我再没什么想看的。
在此之后,这世界还有什么可看的呢?

第四场

人物: 费尔法克斯夫人、一位宫廷侍童

提要: 费尔法克斯夫人向侍童打探情况,得知查理将被押往刑场。

侍童

元帅(无论怎么找都)找不到了。②

费尔法克斯夫人

哦!天啊!难道我的希望就这样消失?

圣詹姆士宫③周围如何?

---

① 参见《马太福音》19 章 28 节以及《路加福音》22 章 30 节关于耶稣门徒审判以色列十二支派之事。

② 费尔法克斯夫人想要拯救国王查理,但是没有成功。她曾数次让侍童打探军队情况,想要了解军队是否会保护查理。她因得到相反的消息而感到震惊和痛苦,卧病在床。费尔法克斯根本不敢回家,因为他恐怕自己不能按照夫人的意愿行事。

③ 圣詹姆士宫(Saint James Palace),伦敦历史最悠久的宫殿之一。查理临刑前的最后一夜就在圣詹姆士宫度过。

侍童

    人们正步行或骑马赶去那里。国王很快就要被带往白厅①。

费尔法克斯夫人

    啊！告诉我，选了哪支军队进行护送？

侍童

    亨克、阿克斯特尔、哈克尔和菲尔的。

费尔法克斯夫人

    啊！败局已定！快去骑上最好的马，快去，别在我这儿，
照我说的把我丈夫带来。

第五场

人物：费尔法克斯夫人、第一位上校

提要：费尔法克斯夫人得知丈夫违背诺言，没有实施拯救查理的计划。

费尔法克斯夫人

    这就是他献出的忠诚！这就是他庄严的许诺？
打破承诺和最高的誓言，费尔法克斯竟毫不顾忌吗？
那最初的热情，坚定的同盟呢？②
他心里还有我吗？
不光彩的人，你就是这样戏弄你的双手和誓言吗？
你不明白何为名誉吗？忘记我的痛苦了吗？
怎么？还是恐惧已将运气从你手中夺走？

---

① 白厅街(Whitehall)，英国伦敦的一条街道，也是查理一世的行刑地。
② 具体参见第一幕第二场。

那让世人惧怕的,不是也让你为之颤抖吗? 260
　　难道你认为那些与我结盟的英雄们,
　　不愿,也没有准备好,来进行这次行动吗?
　　不忠诚的人,你为何不敢露面?
　　是了! 心怀恶念之人,有罪之人,会畏惧光。
　　哦,上天! 是什么让我压抑不安! 265
　　感觉我的力气和灵魂都要殆尽。
　　胸中怦怦直跳,快让我看见那不久前向我承诺的人,
　　可耻啊! 丢脸啊! 他没履行他的承诺。

第一位上校
　　别怪我,费尔法克斯未被说服。

费尔法克斯夫人
　　他曾满怀勇气和热情,誓要和你们一起改换阵营。 270

第一位上校
　　听起来,您说服他接受您的想法了?

费尔法克斯夫人
　　彻底说服了,昨天晚些时候,今天到来之前。

第一位上校
　　天啊! 为何他今日没有向我们说明。

费尔法克斯夫人
　　怎么,你们没有完成他期盼你们做的事吗?

第一位上校
　　我们俩当时都已准备好为他效劳。 275

费尔法克斯夫人
　　怎么会如此可耻地丧失了最佳的时机?

第一位上校
　　遗憾啊! 我已经感到,我们错失了什么!

费尔法克斯夫人
　　这关系到他、你们、查理的头颅。
第一位上校
　　哦,闻所未闻之事!无可比拟的错误啊。
费尔法克斯夫人
280　　怎样的错误?竟酿成了这可怕的打击?
第一位上校
　　他过于隐晦地告诉我们他的决定。
费尔法克斯夫人
　　你们为何没大胆向他问清楚?
第一位上校
　　(我认为)他布满忧愁的面容让我们闭上了嘴。
费尔法克斯夫人
　　他有顾虑,因为你们向他隐瞒了内心。
第一位上校
285　　啊,您此前没有向我们透露一丝一毫!
费尔法克斯夫人
　　我当时希望不要引起猜疑。
第一位上校
　　哦,这不幸将他的血也溅到我们身上!
费尔法克斯夫人
　　啊,闪电!会极大地刺伤我的心灵,无法愈合!
第一位上校
　　查理因他们的审判而倒台,因我们的沉默而死亡。
费尔法克斯夫人
290　　我的君主!我应在你之前踏上刑架!
　　国王啊!哦,我的丈夫在哪?

第一位上校

鼓起勇气！他还在找寻时机营救查理。

费尔法克斯夫人

他在哪儿？

第一位上校

因使者们请求推迟行刑,他立刻骑马前往威斯敏斯特①。

费尔法克斯夫人

快！去追他！快！去帮他！ 295

愿你我远离这空前的耻辱！牢记这沉痛的一章！

第一位上校

我立刻去。

费尔法克斯夫人

别耽搁。主啊！诸神之神,请让我感受到你的助佑！

请动摇国会和人民。请护佑我的夫君。

若事情不成,就让他在国王受难前立刻死去。 300

宗教和异端的合唱

提要:鉴于查理的反对者常援引圣经或用神的旨意为自己的行为辩护,此处的宗教进行明确更正,称异端的行为只是滥用经典。

宗教

主啊,你喜爱纯洁的,献身于你的心,

喜爱只敬你一人,爱你一人的心。

---

① 威斯敏斯特(Westminster),伦敦治下的一个区,查理行刑前最后逗留的圣詹姆士宫就位于这个区。

灵魂被你看穿的人,即便死了,也必活着!
为何我被放逐在这该死的尘世?
305　为何我要住在暴怒的恶龙之间?①
为何我在米设②的屋旁搭起帐篷?③
我还要在基达④这儿扎营多久?
我还要在疯狂的狮群⑤中流血多久?
啊,审判者! 就连隐藏的肾脏⑥也能看清,
310　我还要为那恶行遮掩多久?
暴民还要因我被引诱多久?
恶行借我之名已有多久?
此刻拿起武器的人,他声称拿起武器是为了保护我,
并将此传播给国家和教会。
315　当强迫、固执和动乱无用时,
便盖上我的名字和外袍盖,让人相信。
谁若是无法将他疯狂的梦想公之于众,
便拿我的衣服来点缀,播种仇恨和争吵。
当赤裸的刀剑无法逼迫民众,
320　复仇欲火就通过我的像打破盟约和誓言。
谁若是不知羞耻、无所敬畏地活着,

---

① 参见《诗篇》120 章,关于"恶龙"参见《启示录》12、13 及 20 章。
② 米设(Mesech),是诺亚之子雅弗的儿子,象征着残暴好战的人。
③ 参见《诗篇》120 章 5 节,"我寄居在米设,住在基达帐棚之中有祸了"。
④ 基达(Kedar),以实玛利之子,他居住的地方也称基达,位于阿拉伯的沙漠,环境艰苦。
⑤ 关于"狮子",参见《但以理书》6 章 7 节,"若在王以外,或向神或向人求什么,就必扔在狮子坑中"。
⑥ 参见《诗篇》7 章 10 节,"神查验人的心肠肺腑"。

还用狂妄的脚践踏教会确立的规则,
就用我来为自己辩护。
谁想罢黜国王,压倒王冠,就带上我的面具。
难道我今日也要粉饰不列颠的杀戮? 325
用火把的光芒来掩盖查理的死亡?
我的新郎,①别这样任你的新妇受人嘲讽。
因为在国王受难一事上,我是无罪的。
云雾散开吧! 我要给
这个视我为幽灵和面具②的地方赐福。 330
人啊,想一想! 你们在我的假象中遇见的,
是烟、雾和幻觉! 我们向世界告别。

异端一

最美的人,停下! 停下! 为何要与我分离?

异端二

哦! 我视你为最伟大的装饰!

异端三

她本人已经离去! 你只剩空空一条袍子了! 335

异端二

那也是我的裙子!

异端四

争论没有意义,它理应归我。

异端一

但我想完全地拥有它。

异端五

它裂成两半了。

---

① 关于新郎、新娘,可参见《耶利米书》7 章 34 节及 33 章 11 节。
② 恶棍的面具,本段中还常常出现外袍、粉饰等含义类似的隐喻。

异端六

340 　　管好你自己,袍子是我的。

异端七

　　也是我的。

异端八

　　还是我的。

异端九

　　还是我的。

异端六

　　不一定是你的,也不一定是它自己的。

宗教(从云层中出现)

345 　　去吧！去吧！用我的外袍①碎片给你们添妆！

　　纯洁的心灵不会因这些而躁动！

　　它会在神那找到我。

　　祂即真理,祂挑选纯洁的心灵作自己的居所。

---

　　① 很可能影射《马太福音》27 章 31 节中耶稣的袍子。

第五幕*

第一场

人物：选帝侯的内廷总监、第一位英格兰伯爵

提要：查理被砍头一事已经无法转圜，使者们的请求没有结果。内廷总监和伯爵控诉民众的暴行，描述了查理赴死的场景，赞美查理作为殉道者的慷慨就义。

内廷总监
　　群犬残忍的暴行已无法阻止。

伯爵
　　风暴掀起的浪潮现在已无法筑堤防御。
　　洪水径直涌入，淹没整个国家，
　　顷刻间将草原、牲畜和牧人溺死。

内廷总监
　　只有斯图亚特家族被选中承受这毁灭吗？
　　所有的不幸都只将矛头对准这个家族吗？
　　一些不可能长久的东西，
　　仅仅通过背叛、毒药和锋利的砍头刀就要踏上王位吗？

伯爵
　　不定之事意想不到的倒台，

---

* 最后一幕共有四场，主要描述了查理前往刑场的过程以及行刑前的举止，借围观的少女之口表达人民为查理的遭遇不平，而那些审判国王的人已经预示到自己的悲惨结局，戏剧在魂灵的复仇呼声中结束。

10　　　常常能将君主变成奴仆,将奴仆变为君主。
　　　　厄俄斯①早上还在金光中向王座上的他们微笑,
　　　　夜晚还未到来时,他们就已经被带往陌生的因牢。
　　　　但时间还从未展示过一出如此残忍的戏剧,
　　　　没有国王曾公开俯身如此之低。
15　　　啊,天啊!请出手管管他们这疯狂的怒火。
　　　　别让这对君主们而言,不是一出戏剧,而仅是一场序幕。

内廷总监

　　　　卡顿和苏格兰使者如何看待这残忍的打击?

伯爵

　　　　我见那苏格兰使者时,他已泪流满面,惊惶失措!
　　　　他怀着真挚的忠诚尽了最大努力,
20　　　直截地在谋杀者面前控诉这罪行的残酷。
　　　　他通过严肃的文书,
　　　　尽最大努力要阻挠砍头。
　　　　但是人们并不重视他或者荷兰人,
　　　　人们只是表面上让他们参加听证。
25　　　在议会还没放荷兰人离开时,②
　　　　下议院人士就已经四散在街道中了。
　　　　这一出显然向他们说明,
　　　　请愿和来访是多么不受欢迎。
　　　　但他们仍在努力感化谋杀者们。

内廷总监

30　　　人们伸出拳头触碰天空都比这容易些。

────────

① 厄俄斯(Eos),希腊神话中的晨曦女神(Göttin der Morgenröte)。
② 荷兰人是被派来同下议院协商如何释放查理的。

极度干渴时在烈焰中寻找水源的人,
他的努力不过是徒劳,他的恳求没有结果。

伯爵

还不止这些!人们急忙要结束这出戏,
要喷洒国王那正义的鲜血,
还将新的军队分散到街巷中。 35
广场充斥着闪烁的刀光,
城市完全被赤裸裸的利刃包围。
人们看见远方旷野上的骑兵队伍如黑云飘浮。
整个国家激愤不已,
当一位所向披靡的顽固敌人用刀剑和火焰进行攻击时。 40

内廷总监

震颤的良心,
去恫吓那些连自己都害怕自己的人吧。
伟大的君主如何面对他的不幸?

伯爵

带着无畏的勇气。他讥讽苍白的死亡,
嘲笑那疯狂士兵的傲慢。① 45
哦,多么残暴的罪行!他们带着满身耻辱攻击他的勇气,
就像轻率的屋顶因明亮的烈焰倾塌时,
勇气却像柱石一般矗立。②
人们用愚蠢的问题让他不得安宁。
人们惬意地抽着那种他无法忍受的烟。 50
人们将蒸汽管扔到他散步的必经之路上。

---

① 此处影射在耶稣受难时嘲讽他的罗马士兵,参见《马太福音》27 章 29 节。

② 参见《提摩太前书》3 章 15 节,"真理的柱石和根基"。

　　　　人们尽其所能,要激起他的愤怒。
　　　　皆是徒劳!他伟大的灵魂,不会因这些愚蠢之事,
　　　　而离开那镇定的安宁。
55　　我感到惊恐,一个粗野的孩子吐唾沫到他脸上,①
　　　　愤怒地向他狂吼。他不发一言,并不在意。
　　　　比起荣誉,他更要像那个王一样,
　　　　那位在尘世上得到的只有戏弄、十字架和唾沫。
　　　　他在炽热的虔诚中度过这短短的期限,
60　　他也赞扬至高者的手对他所做的一切,
　　　　和居克逊一起因他的救赎主活着而欣喜,②
　　　　祂从灰烬和尘土中将那受压迫的抬起。
　　　　主教为他介绍那极其伟大的一天,
　　　　那一天神借耶稣审判人的隐秘事。③
65　　他在神圣的渴望中燃烧,
　　　　他周围的人被苦涩的泪水浸湿,
　　　　因他的虔诚而震惊。直到临近傍晚,
　　　　人们乖巧地通过统帅的理事会给他带来建议。
　　　　若他彻底地赞同这些提议,
70　　尽管要受苦,却能保全他的性命。
　　　　在他还没来得及因反感而忽视这张纸时,就已经将其丢开。

---

　　① 查理被审判后,一名士兵极其粗鲁地向他吐唾沫并咒骂他。这个士兵自然没有逃脱神的处罚,他很快因在军中挑起动乱而被判处死刑。此处也影射罗马士兵向耶稣吐唾沫,参见《马太福音》27章30节,"又吐唾沫在祂脸上"。

　　② 在行刑当天下午,居克逊为查理朗读了《约伯记》第19章3-29节,其中有"我知道我的救赎主活着"。

　　③ 参见《罗马书》2章16节,"就在神借耶稣基督审判人隐秘事的日子,照着我的福音所言"。

一切(他说道)违背国家、礼拜、法律以及违背我子民自由的事,
都不必发生,
不论人们已经多少次磨快了斧头!
你们,为何你们还要伤害我疲惫的心灵? 75
在我都快入土时,还用言语折磨我?
为何你们总要逼迫我的良心?
我失去肉体、鲜血和头颅,还不够吗?
你们要知道:在我将基督教和共同的福祉,
即那至高者庄严地将我与其相连的东西深深损害之前, 80
在我通过我的序幕,
为我的臣属们开辟通往不幸的道路之前,
在我将他们的自由、国家、良心、财富和灵魂,
还有叛乱(尽管现在一切都运转良好)
全部交给狂妄的束缚和疯狂的力量之前, 85
我宁愿让自己(愿我有千条性命)死去,
为了他们的安全和自由,为了决议和法律。
是的,我真心愿意为这些纯粹直截地下跪。
你们(你们还听得见吗),
要恐惧那些刀剑,①暴怒会带来刀剑作为惩罚, 90
这是主的教诲。
你们要知道,尽管你们是自由的,审判仍在前方等待你们。
他说了这些,此后便摆脱了这卑劣俗世的所有事务。
欢喜的感官醒来,
尽管他昏沉的头颅陷入了短暂的瞌睡。 95

---

① 《马太福音》26 章 52 节以及《启示录》13 章 10 节中写道:"凡动刀的,必死在刀下。"

灵魂已经归于上帝,只有肉体仍留凡尘。

他不断用脚践踏虚无的一切。

在晨光出现,问候这昏暗的世界时,

一束新的光芒显现在这尊贵的人身上。

100　他要求一份证明,

是那用自己的血洗净人类罪孽之人为那些悲伤的心灵留下的证明,

作为他苦痛的纪念以及他那珍贵的宽恕的象征。

人们请听听这里发生的令人惊奇之事。①

当居克逊为这一天打开教会书②,

105　这本让国王受难,

让国王受英格兰和凯利顿不休指责的教会书时,

刚巧规定今天要读的是那核心故事,

即那基督徒们讲述的,马太③为我们所写的,

关于诸王之王如何被自己的子民伤害,

110　如何站在他的审判者面前,

如何因鞭打和尖锐的荆棘而受伤,最终死在十字架上的故事。

如何必须在十字架上死去。

国王因此而陷入深思,

---

① 在行刑这天到来时,侍奉查理的伦敦主教朗诵晨祷文,内容正是《马太福音》第 27 章,讲述了耶稣的受难。一开始,国王以为居克逊有意选择这一片段,因为国王的处境与这一章节所述十分相似。但实际上,教会本就规定当天要朗诵这一片段,国王因此更觉愉悦。查理被砍头与耶稣的受难构成平行架构,这一"巧合"再次证明了查理之死是对耶稣受难的效仿。

② 教会书(das Kirchenbuch),自伊丽莎白女王时起存在。它规定了每一天的宗教习俗,人们需要朗读的文字和祈祷,用来帮助那些不熟悉英格兰的教会习俗的人。苏格兰长老会则拒绝使用此书。

③ 指《马太福音》,本文多次影射该福音第 27 章耶稣受难的内容。

似乎是主教为了安抚他而挑选了这一故事,
居克逊把这一页放在他面前,
告诉他,人们本就应该在今日朗诵这一段, 115
国王感到精神愉悦,焕若新生。
他由衷地希望,自己因受难而与耶稣,
一道荣幸地告别这天。
国王再次让自己与上帝相连,
他的精神因而更加焕发。 120
但是这饱受重压的国家仍然压在他的胸口。
他为那些渴望他去死,向他无罪的头挥斩首斧之人的性命祈求,
直到谋杀者们来到,
把他从詹姆士宫带走,归入自己的掌控中。

内廷总监

考虑到他们的愤怒,何时实施这暴行? 125

伯爵

他们的怒火不会再让他们浪费时间。
人们急忙前往白宫,
整个震惊不已的世界都因这场覆灭来到看台周围。
那里立着断头台。尽管它用黑色盖上,
却不比那欺骗国王和上帝的人更黑。 130
在这看台①上显现出残暴的谋杀祭坛,还有那可恶的斧头。

内廷总监

那围在宫外的人群说了什么?

伯爵

一部分人十分绝望和震惊地站着,仿佛呆住,

---

① 将砍头比作一出戏剧,这种比喻在文中曾多次出现。

　　　　不知道要询问什么,也不知道应该问谁。
135　　一部分人看向高空,
　　　　期望宫殿、城市和刽子手都毁灭。
　　　　伟大的主啊,请帮助这悲苦之事,
　　　　还有一些人被这种暴行逗乐,
　　　　用鲜血玷污了顽固的灵魂,
140　　把罪恶加诸己身。
　　　　那娇柔的人们①也想露面,从窗户探身出来。
　　　　她们太过震惊,以至于无法哭喊,只能大声地啜泣。
　　　　她们将流泪的孩子紧紧抱在裸露的胸前,
　　　　头发飘散在风中,
145　　她们控诉上天,害怕看见这场面,却又想看见,
　　　　她们表示相信上帝,
　　　　(尽管她们立刻就辨认出斧头和断头台,)
　　　　依然认为在斧头和台子之间常常会有戏剧反转。
　　内廷总监
　　　　谁还愿意在野蛮的岛上②找寻真正的忠诚?
150　　你这不毛之地,谁不会咒骂你的沙滩?
　　　　是什么让我们逗留在这疯狂的凶手巢穴中?
　　　　德国人,快动身吧!
　　　　一旦严酷的北风赐予强大的舵盘第一次旋转,
　　　　人们在德国的港口上得以扬帆,
155　　那我们的愿望是:离开出发。
　　　　在灾祸降临之地,还要继续搭起帐篷的人,逃不掉惩罚。

―――――――

　　① 很可能指围观的女性。她们易受情感驱使,不愿放弃观看这种场景的机会,在敬畏和好奇中矛盾不已。
　　② 有谚语称"所有岛民都很坏,其中西西里人是最坏的"。

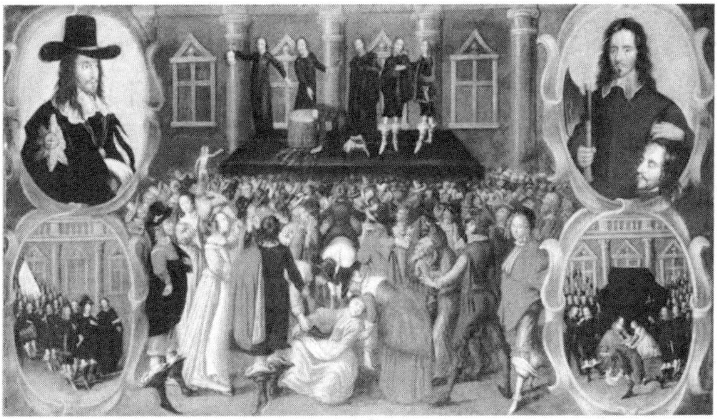

第二场

人物：珀勒①

提要：这一场是查理审判员的独白。他因审判君主而遭受巨大的良心折磨，在幻觉中看见审判国王者要遭受的死亡，也预示了查理二世的复辟。

珀勒（穿着半破的衣服，手中拿着拐杖，快速来到台上）

　　徒劳！退却吧！结束了！快跑，这已经没有希望了！
　　人们在找什么？放开我！大地开裂！冥河②开启！
　　完了！都完了！我的国王啊！不是你完了，
160　不！不！可惜不是！而是我完了！③
　　你死去，不沾罪孽，而我活着，违背所有公正！
　　岩石开裂吧！上天请向该死的身躯降下闪电！
　　查理的鲜血还要滴落，(a)④让我心情多么沉重，不能更沉重！
　　我燃烧的内心多么剧烈地跳动！斯图亚特，你有福！
165　哦，我做了什么！为何是我！我怎么就胆敢如此！
　　在惩罚、绳索和烈焰面前，我有什么是不应遭受的呢？
　　多么不幸！我要倒在疯狂的断头台旁吗？
　　悲哉！是谁如此残暴地出现在我面前？

---

① 珀勒，审判国王的法官。关于珀勒的原型，格吕菲乌斯在注释中暗示大家对此人的身份并不陌生，并且他已经遭受应有的惩罚。
② 冥河（Styx），指代地狱。
③ 影射犹大的自裁，参见《马太福音》27 章 5 节。
④ (a) 他击打自己的胸膛。

什么火焰在这里生烟？那里是什么在锁链前嗡嗡作响(b)①？
谁会保护我免于恐惧？ 170
停下！等等！等等！来了个军队，人们敲着鼓！
国王来了，全身武装！人们架起了大炮！
号手和前哨先行！下命令吧！让我们站住！
来吧！让我们走到敌人的眼前！
哒哒哒！哒哒哒！哒/哒/哒/哒/哒！（c）② 175
哒哒哒(d)③啪/啪/啪/啪！统帅近了吗？
啪/啪！人群逃散！国王被袭击！
就让/让我们(我们还站着吗？)激情澎湃地追击？
他藏在哪/他去哪了？我看见了什么？他消失了。
我会怎样？这是梦吗？是梦吧，可遗憾的是， 180
雾与风驳斥了我，和我那受伤的良心。
我的心脏要活生生地在这胸膛内撕裂。
我赞成你们这些谋杀者的时刻，是多么该死！
啊！啊，宁愿疯狂的刀剑已将我的气管切开，
在你们聆听我言之前！ 185
啊，宁愿迅疾的雷电从天而降把我伤害，
在我加入你们之前，叛徒们！
啊，宁愿让明亮的火焰！啊，让那可怕的坟墓把我生吞，
在我被你们诱骗之前！
来吧，恐惧，你如此巨大！因我在此，让我感受， 190
何为阴间的痛苦，它啃噬魂灵，

---

① （b）他作好像听见远方的声音状。
② （c）他把拐杖当作小号。
③ （d）当作火枪。

折磨在硫磺池中绝望的暴怒。①

不幸的我！我在那看见了什么？不幸的我！是复仇(e)②现身！③

刑罚的雷雨打闪！审判官在哀号！谋杀者在哭泣！

195　人们拖着谁？卡鲁④是你吗？谁吊在此处？哈里森⑤？

胡果呢？你是否也陷入应受的嘲笑中？

为何你的心灵还在暴怒的刽子手手中颤抖？

人们会将你的头和你被大卸四块的躯干送到哪里呢？

这里燃烧着你的内脏。

200　休利特，受罪吧，是你的手充满妒忌地向国王提供了

盛鲜血的杯子！(f)⑥那些困倦的眼睛正在凝视！

审判者们，别让我们渴盼那残暴的日子！

快和我一起进入坟墓，

如果人生的尺度只延伸到这里，

205　如果死亡也无法让你我逃脱这场悲剧，

那就在远处的沙地上寻找安全的居所！

啊！说吧，哪个国家的人们不会异口同声将暴行咒骂？

---

① 珀勒遭受的良心折磨已经上升为幻觉和错乱，这是对地狱酷刑的预演。

② (e)此时内层的舞台开启，呈现了胡果·彼得和休利特被大卸四块的尸体。

③ 舞台背景上展现的胡果·彼得和休利特的尸体，暗示弑君者遭受的惩罚是神的复仇之举。

④ 亚历山大·卡鲁(Alexander Carew，1608—1644)，早年在议会和国王的斗争中是坚定的议会派，后担忧议会派难以获胜，想要转向保皇派。他因试图将普利茅斯出卖给保皇派而被议会判处死刑。

⑤ 托马斯·哈里森(Thomas Harrison，1606—1660)，英国内战中的议会派，是查理一世的审判者之一。1660年王室复辟之后，他作为弑君者被送上法庭，判处绞刑。

⑥ (f)舞台关闭。

难道复仇没有带着白绫和匕首来找你们?
蒙面的多里斯诺斯①也一同站上死刑架!
蒙面的人会用刀刃刺穿你的胸膛。 210
去往新阿尔比恩吧。②
暴怒的瘟疫会将疲惫的你们一直驱赶到停尸床上!(g)③
多么可怖的情景!这里克伦威尔苍白的尸体引人注目,
旁边是艾尔顿④的骨架挂在绞刑架上。
继续!别让布拉德肖⑤在坟墓里安详过夜! 215
将他绞死在光天化日之下,作为一出耻辱剧和观赏剧!
你们必会身在港湾却失去宁静的港湾!
严苛的公正便是如此决定了坚固的棺材!
为何还用香料将躯体包裹?
这样复仇的决议又何以在你们身上实现呢?(h)⑥ 220
不!不!还有时间,让我们逃脱这场风暴!
远处的雷击不应落在我身上。
你,在我们之上用明亮的眼睛看守我们,

---

① 以撒克·多里斯诺斯(Isaac Dorislaus,1595—1649),荷兰人,查理一世的审判者之一。
② 十七世纪初,英格兰清教徒因躲避欧洲宗教迫害来到北美大陆,形成了新阿尔比恩地区,即新英格兰(New England),包括如今美国东北角的六个州。
③ (g)舞台第二次开启,展示了绞刑架上克伦威尔、艾尔顿和布拉德肖的尸体。
④ 亨利·艾尔顿(Henry Ireton,1611—1651),将军,也是克伦威尔的女婿。1661年,应下议院命令,他的遗体同克伦威尔和布拉德肖的遗体一起被公开悬挂。
⑤ 乔恩·布拉德肖(John Bradshaw,1602—1659),查理一世的审判者之一。
⑥ (h)舞台关闭。

让闪光的击打穿透黑夜,轰轰作响;
225　你,在我们之中宣布最残忍的判决,
让蔑视者永远遭受最尖锐的痛苦;
做我的见证人吧,证明我并不应受这残暴的惩罚。
我仅仅怨恨这个世界,这尘世于我可疑。
活着对我的折磨远胜无尽的死亡。
230　有人知道吗,在这种恐惧中毁灭是什么样?
难道还不想结束这痛苦吗?
(i)①在哪?为何?我看见那里发生什么?②
在可怖的风暴之后,公正的神将再次委任君主?
这是自然!神之手庇护众神!
235　主教为谁加冕?怎会?人们向谁宣誓?我没看错?
被扼杀的虔诚君主!是你还是你的同族?
(k)③为何直至现在还用谋杀和刀剑吵闹,
还在严苛的效劳中不知羞耻地将自由宣扬?
谁在跟随?谁把血滴溅到我的脸上?
240　不幸的我!哪里可自救?地狱开裂了!
泰晤士河浮着硫磺燃烧的蓝火!我看见太阳在颤抖!④
天昏地暗!伦敦这个堡垒(l)⑤大厦将倾!
离开这儿!啊,劳德,我和你又有何瓜葛?
你因我的惩罚而不能在坟墓中安息吗?

---

① (i)舞台第三次开启,展示了主教如何为查理二世加冕,预示了1660年查理二世的复辟。
② 对查理二世1660年加冕的预演。
③ (k)舞台关闭。
④ 影射耶稣死去时的自然现象。
⑤ (l)劳德出现在舞台一侧。

可怜(m)①的温特沃斯!② 啊!你因我们的暴怒　　　　　　　　　245
而遭受了不应受的惩罚(我承认这一点)!
你还寻找什么?啊!啊,魂灵们,宽容一些!
关于你们的死亡,只有我有罪吗?
你们只从我的手中索取自己的血吗?
大主教③,莫叹气!我愿结束这场悲剧。(n)④　　　　　　　　　250
温特沃斯,让我走!为何要到处替我(愤怒的魂灵们!)
堵上敞开的门?
走开!让我找到通向你们复仇的大道。
温特沃斯,让我探索惩罚我的方法。
是否你们仍飘浮在我这该死之人的周围?　　　　　　　　　　　255
为了逗乐子,让我害怕?
不,主教!不!你太有福了。
不,温特沃斯!不!你休憩在永恒的安宁中!(o)⑤
快活的魂灵啊!为了惩罚我,
我内心的恐惧竟伪装成你们的死亡之像。　　　　　　　　　　260

第三场

人物: 国王、居克逊、汤姆林森、哈克尔、刽子手、窗边的城市少女
提要: 城市少女围观查理被砍头,为他的遭遇不平。查理最后仍

---

① (m)温特沃斯出现在另一侧。
② 查理一世因被迫同意处死温特沃斯而感到懊悔不已。
③ 指劳德,查理一世被迫同意处死他。
④ (n)温特沃斯从一侧踏上舞台,另一侧的劳德走到出口。
⑤ (o)魂灵退场。

强调自己的无辜,与众人道别后从容就义。

城市少女一
　　哦,可怕的看台!
城市少女二
　　查理要踏上那台子吗?
城市少女三
　　以前他的民众惯于在这里向他朝拜,如今他却在此于极大的折辱
　　中死去!
城市少女四
　　他要在自己的国家倒台?在他自己的堡垒面前?死在刽子手的
　　手上?
城市少女一
265　　啊,尊贵的国王,但愿你是死在刀剑之下,
　　死于两军交锋的空阔原野!
　　啊!但愿你是在怀特岛①被疯狂的大海淹没,
　　那你的死亡便不至于被诸多屈辱玷污!
城市少女七
　　死亡没有任何屈辱!法官才应觉得羞耻。
270　　他的无罪已由上千人得见。
　　人们会在他的额前,在他的神情中,
　　看见纯净的灵魂以及被我们谩骂的美德。
　　当上帝的复仇从天而降得以显现时,
　　我们会带着无尽懊悔,在巨大的恐惧中为这美德哭泣。

---

①　怀特岛(Isle of Wight),大不列颠岛南岸岛屿,查理一世被砍头前曾被囚禁在此。

城市少女一

　　主啊,请将这判决推迟,直至我脸已苍白! 275

　　如若不行,请立刻从被压抑的灵魂上带走那躯体沉重的负担!

城市少女五

　　哦,姐妹们! 他们来了!

城市少女二

　　陛下神情肃穆。

　　既然他的身躯不能在紫衣中熠熠闪光,

　　那就用无尽的光辉来将身躯涂抹。① 280

城市少女四

　　现在他看向那刑桩,那他将死去的地方!

查理

　　难道在不列颠找不到更高的台子了吗?

城市少女一

　　这位统治三个王国的最高权力者,

　　竟没有比这更舒适的木头来行刑。

查理

　　可惜人们不会再给我!② 任何审讯的机会了。 285

　　汤姆林森可以为此作证。

　　我本可以沉默,但为了洗脱那可怕的嫌疑,

　　即好像我是因自己的罪过而陷入困境,

---

① 君主是受上帝涂膏者,在殉道的受难中成为超脱的存在。

② 作者原注:对我来说,为国王推定另一场演说,或简短地引入他自己的演说,甚至按照悲剧惯例让信使来传递这一切,都并不困难。但我坚持认为,没什么比向观众和读者介绍这位惨遭折磨的君主在死亡的时刻是如何用他自己的言语来描画自己更能生动地塑造这出惨剧了,因为此时所有的伪装和伪善都不再存在,像云雾一样消散了。

那将我与神、王国和故土相连的职责要求我,

290　　在人生的最后时刻去证明:

我是一个没有卑劣诡计的人,

是一位好国王,也是一位纯粹的基督徒。

但在此处再多谈无辜还有何必要?

祂知道,谁在呼吸,后世之事如何变化,

295　　这位全知者,这位搅动浪潮和世界的人,

这位已经对我作出伟大判决的人,

祂知道并不是我先拿起残暴的刀剑,

嫉妒并没有唆使我对抗自由,

上下议院的权力并非因我而受损,

300　　是他们先残暴地反抗了我。

他们试图将战争权从我手中夺走,

但他们心里明知这权力本是我的。

我的话在这里没用,

就让我的文书作为他们的来代替查理说话。①

305　　谁若是正直地考虑这两份的签字,

就会清楚看到,是谁首先在炽烈的蓄谋中率先抓起屠刀。

伟大的主,请将一切揭露!

而我,我宽恕,而且不愿将这血罪极度的讥嘲

推诿到他们或者他们的头颅之上。

310　　(愿他们洁净!)也许这双方的苦恼,这谋杀之源,

都源自这不忠的议会!

魂灵让我确信,我们并不会因此事

---

① 可能指向英王爱德华一世(1239—1307)颁布的章程,其中规定招募军队的权力只属于国王。1642 年,当议会声称国王想对议会宣战时,这一章程得以更改。

而遭受一点负担,我们想要获悉,

他们是否应当在自己面前感到羞愧。

但这,查理绝不会如此踏上歧途, 315

以致在他的困境中无法感受到至高者的审判。

至高者是公正的!会公正地审判,

也会通过不公的决议来构造不公正。①

温特沃斯如何因我而陷入不应遭受的痛苦,

他不幸的死亡也就同样成为我的惩罚。 320

我必须因那句将他撕碎的宣判,

以无罪之身,违背公正,也要以血还血,以首还首。

然而我不控诉任何人,

因为我是公正的基督徒,从基督身上学会了如何宽恕。

若我在此刻死去, 325

若灵魂从恐惧中脱离,

居克逊,请说明我是多么乐意去原谅那伤害我的人,

原谅压迫我的人和那将砍首斧磨快的人,

还有那可能不为我所知的日日夜夜努力要取我性命的人。

但那无所不见的会看见这些。 330

我不再追究。请别给他们记上这笔罪过。

主啊!永恒仁慈的主。谁若只会原谅,并没有完成所有的职责。

我的爱走得更远!

我希望,轻快的明朗能驱散黑夜,

他们昏暗的心灵能在阳光下发现自己可怖的黑斑, 335

发现它是如何步入歧途。

---

① 可参见第一幕结尾合唱中的第二合唱。

实际上正是自私自利①在此处犯下滔天大罪,
引神的雷霆伴着硫磺雾气掷向自己的头顶!
而我站在你们面前!
340　就像在冷硬的石头风暴中死去的人②所呼喊的,
我请求:愤怒的主啊,请宽恕!请帮助他们控制自己的感官!
让他们追求正确的道路和真正的自由。
愿我的下属在极度恐惧中振作精神,
我的下属,我在最后时刻命令你们去收获福祉。
345　谁将会领悟这个愿望?
那我希望他还能将更多被这风哄睡的人从睡梦中唤醒。
你们的道路完全走反了!
我和全世界都看到,你们将国家蹂躏,
意图用疯狂的刀剑夺取王冠,分裂国家。
350　谁喜爱这样的开端?
若没有公正法律和缘由的人四处扩散,
那人们与那穿梭在忒提斯③的泡沫中的
违背人民的权利阻碍了自由旗帜的
还将因烈火和刀剑而破损的船只掳掠一空的人有何区别?④
355　菲勒塔斯⑤将这句话教导给伟大的希腊人吧!

---

① 一种贪欲,导致人们内心躁动,作出欺骗性的判决。
② 圣司提反(der Heilige Stefanus),基督教的首位殉道者,所有殉难者的先驱。他在犹太公会前高谈阔论,后被人用石头砸死,他死前呼喊:"主啊,请勿将这罪归于他们。"参见《使徒行传》第7章。
③ 忒提斯(Thetis),古希腊神话中的海洋女神。
④ 查理将他的敌人比作海盗。
⑤ 菲勒塔斯(Phleteas,约前340—前280),来自科斯岛(Kos),古希腊诗人与学者。他也是忒奥克里托斯(Theokritos,约前310—前250)的朋友,是埃及国王托勒密二世(Ptolemaios II Philadelphos,前308—前246)的老师。

谁比我更残暴地抢劫,定不仅仅是个强盗。
是神圣的进展祝福你们前往这条道路?
是真正的宁静要在这条道上和你们相遇?
绝不!当你们拒绝归还本归属神和君主的东西,
那围绕你们身边的雷雨就会从天而降。① 360
你们必须要向君主,
以及那些在他之后应享有继承权的人们,
还有那些君主用权杖引领的人们,
归还君主、君主继承人和下属应得的东西。
归还给神以祂的宗教,是你们将它驱散, 365
而它只会因神的言语和秩序而欢愉。
我的建议在这里来得太晚。
设立国会吧,听听那些人在无畏地说些什么,
那些比起自己的利益更看重至高者的荣耀的人,
那些并不拿他的福祉和所有人的利益寻乐子的人。 370
谁拿起了残暴的斧头?② 放下!别动它,
别让它提前落在人的脖子上。
属于我的东西,我也不愿再提,我并非为自己说话。
愿公正引导你们! 愿它向你们展示你们的职责。
现在关于民众之事: 375
若那个代表了他的民众和民众的自由的人,
那个视民众的自由比自己的利益更重要的人若能见证,
人们真正重视民众的福祉和生命,

---

① 这是路德宗对于宗教和权力的经典表述,正如《马太福音》22 章 21 节所述,"该撒的物当归给该撒,神的物当归给神"。

② 指哈克尔。他被指控参与了将国王砍首的暴行,不仅站在断头台上,还将砍首斧握在手里。

公正地统治人民,真诚地让他们受到保障,
380　　那他的愿望就得以满足。谁若追求权杖,
就会撕裂一切界限,得到可怕的结局,
因为国王和下属是不同等级。①
去试试你们能做的:让受压迫者获自由,
当阿尔比恩泣诉自己是迫不得已之时。
385　　正是为此我出现在这里! 若是我能够早预感到,
人们会完全摧毁基本的法律和秩序便好了。
假使我曾支持军队斗争、不受控制的权力和罪行,
人们早就该考虑将我置于刑架上作为牺牲,
作为这民众的牺牲。
390　　主啊,请不要将审判降于这被蛊惑的人群。
我在他们之前将我的血献给你,②
还有那向教会和国家宣誓的勇气。
请宽恕。我要阻拦你们! 我还想要时间,
在这晚安的时刻能更好地解释一番,
395　　但人们不会允许。不过言语又有何必要,
既然无罪能言,能以死自证的话。
它现在将我最隐秘的良知向你们揭示,
在你们还能决定一些有益之事之时,
它希望你们的议会能继续于国家有益,
400　　能将你们的心灵从可怕的罪孽中解救。

居克逊

即使君主的祷告响彻世界,

---

① 暗示等级秩序作为神的秩序,不容侵犯。
② 此处明显与耶稣为罪人牺牲流血形成对照。

但因诽谤总想疯狂地发出嘲讽,

他终究是因毒蛇的言语而饮下毒药。①

查理

提醒得对!关于这崇高的事业。

我确信,我并未对尘世隐瞒我的良知。 405

它将内心烦忧交托给神的心,

而我即便垂死也作为教会之子永远要去接近祂。

这此前在阿尔比恩繁盛的宗教,

如今处在错误和极度的忧愁中。

我浪费了你们的时间! 410

城市少女一

谋杀者们到了。

城市少女二

蒙着面。因为恶无法承受阳光。

查理

我们有正义的事业和充满慈悲的神。

居克逊

祂让所有咒骂和困苦降临在神子身上。

查理

别再用那残暴的法律来折磨我。 415

我向至高者呼喊。请等等,直到灵魂将自己托付给创世主。

当我们伸出双手,请放心进行击打。

但给我们什么东西来遮盖头颅。

---

① 为了批判弑君者的谎言,主教要求最后一次对信仰和宗教进行解释。

城市少女三
　　这是最后的王冠!① 荣华归于它!
420　　世上的荣耀归于它!王座的权力归于它!
查理
　　我的长发会阻碍你的砍首斧吗?
刽子手
　　对!
城市少女一
　　人们还要减少那最尊贵头颅的装饰!②
城市少女四
　　他毫不迟疑将那卷发拨向一边,还将发辫别高。
查理
425　　抛掉一切悲伤!
　　我们必须振奋精神,
　　我们的诉讼已得公正,
　　上帝带着荣光和慈爱凝视着他的仆人。
居克逊
　　我的君主定是最后一次踏上这看台,
430　　它充斥着可怕的恐惧和酸涩的苦楚,
　　充斥着残暴的苦痛!在看台上人人得见,
　　所有君主皆都如影如烟如风。
　　这看台虽然短暂!但是很快,在不远处,

---

①　关于此处的王冠,有研究者认为这单纯代表查理的帽子,也有研究者采用王冠的象征意进行阐释,认为查理通过殉道将头上的王冠替换为耶稣的荆棘冠。
②　早在古埃及,神职人员便认为断发标志着对神权的服从。在基督教文化中,这种举动则表达对上帝的谦卑和臣服。

>   我的国王会踏上那远方的国度,
>   那盈满至高乐趣的舞台。 435
>   在那里,永恒用无比安宁的和平为我们心灵的苦楚加冕。

查理

>   我们向充满胆怯的灰暗夜晚告别,
>   去往最美的太阳那令人期冀的光芒!
>   我们向充满酸涩怨愤的囚牢告别,
>   去往那至高欢愉的华美殿堂! 440
>   我们从狭窄国度①去往天使的宽广国度。
>   在那里,不会有痛苦的不幸来扰乱永恒不可动摇的等级。
>   没有人会索要王冠。
>   没有人会折断权杖。
>   没有人会损害遗产, 445
>   那上天赐予我们的遗产。
>   尘世啊请收回,从我们这里收回那属于你的!
>   我所赢得的,是永恒之冠②。

城市少女八

>   祝福他!这离别让他的王冠更伟大。

查理

>   看看,现在没有头发再遮住脖子了。 450

城市少女七

>   他脱下外衣。

---

① 原文为"Engenland",有双关之意。一方面,"eng"在德语中意为"狭窄","land"为"国家",译作"狭窄国度",象征尘世,与后面的"宽广国度"("weites Land")即天国构成对比。另一方面,在构词上,该词也被理解为英国("England")。

② 三重冠是指尘世的王冠、耶稣的荆棘冠和天堂的永恒之冠。最后一种也是最高的王冠。

城市少女三
　　随着这外袍也放下了那缠绕你的沉重的痛苦！
城市少女四
　　他将骑士缎带和胸口的宝石①脱下！
城市少女六
　　我的君主，至高者让你从痛苦中解脱。
查理
455　　缎带、世界、权杖、王冠和牧杖，都请走好。
　　再见，被统治的国度！我放下一切。
　　把这骑士荣誉的标志，和我的印章之戒
　　一同递交给我的长子作为纪念。
　　因为我在世上再没什么可以给予，
460　　汤姆林森，请拿好这项链，哈克尔，请接受这钟表。
　　主教，祝好！永远记住我的话。②
城市少女四
　　唯有美德站在那里。
城市少女六
　　竟没有人在那里最后为伟大的君主效劳！
　　不！他自己脱下衣服！没有仆人！
城市少女三
465　　他之前只需示意便掌管上千仆从，
　　如今他尚未倒下，所有人都已离开。
城市少女二
　　尊贵的国王走上他的死刑架。

---

　　①　二者都是嘉德勋章骑士团的标志物件。
　　②　几天后，下议院要求居克逊解释查理此言何意。居克逊告知他们，查理让他转告查理二世，不要为他的死向任何人复仇。

城市少女一
　　那不列颠的祭坛,以及最后的停尸床。
查理
　　断头台搭稳了吗?
刽子手
　　陛下,非常稳固! 470
查理
　　我们的阿尔比恩认为我不配更高的吗?
刽子手
　　台子不能更高了。
查理
　　当我伸出双手,你就动手!
城市少女二
　　啊,所有时代的污点! 不列颠的陛下要屈膝得如此之低?
　　要将他三次受冕的头颅放在刽子手的脚下? 475
查理
　　哦,那通过自己的鲜血为我们赢得了荣耀的永恒国度的王啊!
　　祂为了谋杀他的人,
　　死在受咒骂的刑架上。
　　请原谅我曾犯下的罪,
　　也别为这血债复仇。 480
　　在这过多的悲伤之后,主啊,
　　请接纳那献身于你的心灵,
　　那任何困苦也不将它与你分离的心灵,
　　那正如你爱我一般爱着你的心灵,
　　带它一同去到极度欢乐的国度吧。 485
　　让我欣喜吧,你这生命的太阳!

将我接纳吧,取之不尽的力量!

我就躺在此处!尘世啊,晚安!①

城市少女一

那里躺着国家的福祉。

城市少女四

那里躺着国家的生命。

城市少女二

还有所有君主的正义!

城市少女三

谁会?谁能匡扶起,那快速的一击在瞬间击碎的东西!

城市少女五

那被倒台的身躯压垮的东西!

城市少女六

啊!别为这身躯哭泣,它已被更伟大的国度接纳!

为上帝要施加于我们的惩罚而哭泣吧!

城市少女全体

哦,不幸!哦!痛苦之极!

城市少女二

啊,上天啊!

城市少女全体

千倍的痛苦!

---

① 查理的最后一次讲话再次强调了查理被砍头对耶稣受难的效仿,同时又以"请原谅我曾犯下的罪"同神子区别开来。在说话过程中,查理伏在了断头台上。

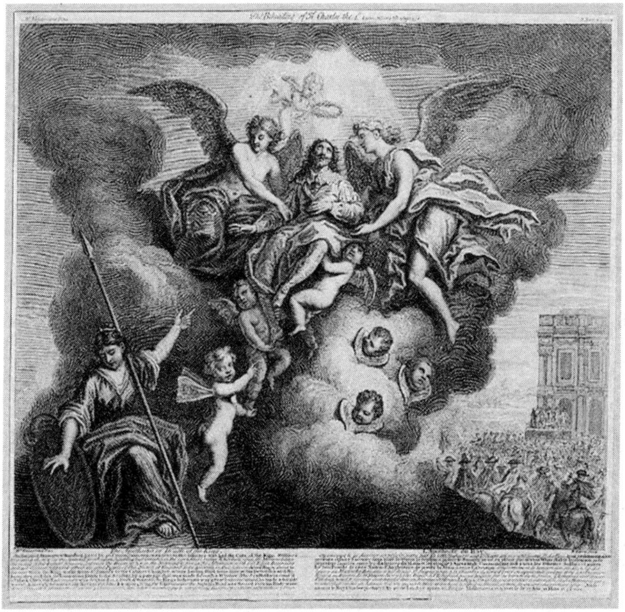

第四场

人物：被谋杀的君主的魂灵、复仇

提要：被谋杀的君主魂灵要求复仇，有罪之人会遭受残酷的惩罚。

魂灵一
　　复仇！伟大的上帝，复仇！

魂灵二
　　复仇！复仇！

魂灵三
　　主啊，快来复仇！

魂灵四
　　为我们的鲜血复仇！

魂灵五
　　主啊，审判我的案件！

魂灵全体
　　复仇！复仇！复仇！复仇！复仇！为这死亡复仇！

魂灵六
　　为这一事件和所有君主的困苦复仇！

魂灵一
　　伟大的上天，请显现正义！现身吧，然后坐上审判席，
　　听听这让人叹息的一片愁苦，别再把耳朵堵上。

魂灵二
　　你还要继续堵着耳朵吗？你没有看见，人们怎样摧毁王位吗？
　　让这喷溅的鲜血得到更公正的复仇吧。

魂灵全体
　　上天,复仇！实施复仇！ 510
魂灵一
　　复仇,诸神之王！
魂灵四
　　复仇,诸王之王！
魂灵六
　　向为恶者复仇！
魂灵五
　　为我们的恐惧复仇！
魂灵二
　　为所有人的困苦复仇！ 515
魂灵七
　　向这法庭复仇！
魂灵全体
　　为查理之死复仇！
复仇
　　孕育着雷电的云层破开,喷射出完全分散的闪电！
　　我来为死亡和谋杀复仇！
　　将这刀剑对准你们这些刽子手和你们的家族！ 520
　　阿尔比恩颤抖吧！
　　我向诸神之神和国王的血发誓,
　　要让闻所未闻的愤怒和折磨的洪流接管这大地的腐朽。
　　开裂吧,你这惊惶大地的深渊！
　　去折磨那有罪之人！ 525
　　英格兰将化为炼狱。

听听我想从你们这获得什么,复仇女神①又有何命令!
来吧,刀剑! 来吧,内战! 来吧,烈焰!
从深处撕裂出来,到这伪饰的异端面前!
530　来吧,因为我要咒骂阿尔比恩!
奖赏爱尔兰,放逐不列颠!
瘟疫们! 拉开你们的快弓!
来吧! 来吧,迅速的死亡! 吞噬所有边界!
饥饿已经前来,而且会直达心灵,而非枯萎的躯干!
535　来吧,隔阂! 煽动刀剑对抗刀剑!
来吧,畏惧! 占据一切角落。
来吧,自杀! 带着绳索和利刃!
来吧,恐惧! 带着时刻加剧的痛苦。
你们这些魂灵! 行动! 将良知从它们安详的睡梦中唤醒!
540　告诉它们我为何前来!
带着所有的刑罚!
我再次向诸神之王和死去的躯体发誓,
阿尔比恩不足以平息我的怒火。
它若不懊悔地流尽眼泪,
545　就会溺死。

剧　终

---

① 厄里倪厄斯(Erinnyen),古希腊神话中的复仇三女神。此处文中使用孚里埃(Furien),这是复仇女神在罗马神话中的名称。

附录一

戏剧家格吕菲乌斯与《被弑的国王》*

姚曼(Herbert Jaumann) 撰

王珏 译

当描写现实毫无益处时,我们就需要寓意。①

1649年1月30日星期二下午二时许,在伦敦白厅街国宴厅的广场前,国王查理一世(Karl I)被斩首。在七年内战后的1648年11月,由长老派以外的独立派成员组成的"残余议会"(Rumpfparlament)将国王押进监狱,因为国王联合苏格兰军进行内战。次年一月初,"残余议会"设立最高法庭审判国王查理一世,调查其是否因发动战争触犯了英国的律法和自由,并实施了僭主的独裁统治。

审判于1月20日在西敏宫举行。一周后,最高法庭宣判查理一世为僭主、叛徒、杀人犯和国家的敌人,七日后应予斩首。在庭审期间,国王没有应诉,在宣告判决后,他发表了辩护词,因为在他看来,法庭不具有权威,法庭诉诸的是一种非正义的政权:国王 supra legem [高于法律],国王只为神的全能负责。在断头台上和刽子手的斧头下,国王向骚乱的人群表明了他的信念:他为了人民、国家和教会,以身殉道。

---

* 本文出处:Herbert Jaumann, "Andreas Gryphius, *Carolus Stuardus*", in *Dramen vom Barock bis zur Aufklärung*. Stuttgart: Reclam, 2000 (Universal - Bibliothek;17512: Literaturstudium: Interpretationen), 页 67-92。

① 德语原文是:Die Allegorie brauchen wir, wenn es nutzlos wird, die Realität zu beschreiben。引自萨拉马戈(José Saramago, 1922—2010),葡萄牙作家。

在查理身首分离十日后,议会禁止张贴威尔士亲王即查理二世(Karl II)即位为王的告示。1649 年 3 月,议会以自然法和 monarchomachen[捉拿君主说]为据,彻底废除君主制,并效仿罗马人、威尼斯人和尼德兰人,建立"英格兰共和国"(Commonwealth of England)。功成名就的将军、议会军主帅克伦威尔(O. Cromwell)成为国家元首,于 1653 年至 1658 年间使用护国公的头衔,实行军事独裁统治。

通过贝尔格豪斯(G. Berghaus)汇编的文献可以发现,针对国王被弑,德意志大多数政论均表明了坚决反对的态度,并且表达了震惊、同情和悲伤之情。① 个别政论从教派政治和神学原理出发,明确表明了与议会军对立的立场:上帝委派的君主被谋杀了;无论是对国王判处死刑,还是对国王执行死刑,皆是对上帝和神的秩序所犯下的滔天罪行。②

下文将列举 1649 年至 1650 年间德意志众多出版物中几篇重要的文献:莱比锡的施图克(J. Stuck)发表的学校节日演说《查理·斯图亚特的演说》(Oratio Caroli Stuarli);③1649 年,布赫纳尔(A. Buchner)多次匿名出版的学校演说《不列颠国王查理一世可能发表的演说》(Quid

---

① Günter Berghaus,《德国 1640 年至 1669 年对英国内战的态度》(Die Aufnahme der englischen Revolution in Deutschland 1640—1669), Wiesbaden, 1989,页 111 - 401。书中共收入 609 篇关于英国内战的政论,本文将按序号摘引 Berghaus 的文献。

② 本文只能从所有流传下来的政论中,择选一些相对重要的和观点较为极端的政论文章进行研究。原因有很多,例如审查、自我审查、恐惧以及决定性的"筛选"和校正环节。由于十七世纪大部分的传单已流失,因此迄今为止,学界仍无法对所有的政论进行系统性研究。参见 Berghaus 上述引文自页 3 起。

③ 参见 Berghaus 文献,第 141 篇。

Carolus I. Britanniarum loqui potuerit);①欧耶尔（A. O. Hoyer）匿名发表的诗歌《隔海公文:致英格兰列兵》(*Ein Schreiben über Meer gesandt / an die Gemeine in England* […]*Anno*);②诗人兼记者格莱夫凌格尔（G. Greflinger）发表的《致英格兰国王陛下查理的哀歌和挽歌》(*Ihrer königlichen Majestät von England Karls Klag - oder Sterblied*)③和《不列颠日记》(*Diarium Britannicum*)等;④罗高（F. v. Logau）创作的多首箴言诗;⑤哈尔斯多尔夫（G. P. Harsdörffer）创作的《帕纳斯山的天平》(*Parnassi trutina*);⑥李斯特（J. Rist）创作的牧歌;⑦摩尔霍夫（D. G. Morhof）创作的关于查理二世先祖事迹的颂歌《不列颠的赫拉克勒斯》(*Hercules Britannicus*);⑧著名学者、法学家齐格勒尔（C. Ziegler）⑨和

---

① 德译本:Jakob Thomasius,《查理一世可能发表的演说》(*Eine gedoppelte Rede, welche Carolus I.* […] *hätte führen können*, Leipzig, 1649),引自 Berghaus 文献,第 153 篇。布赫纳尔演说的其他两个德译本,详见 Berghaus 文献,第 154 和 155 篇。

② 从 Berghaus 文献第 162 - 166 篇中可以看到,欧耶尔共发表了 5 本匿名单行本;另载于 Anna Ovena Hoyers,《宗教诗和世俗诗》(*Geistliche und weltliche Poemata*, Amsterdam,1650),页 263;与这首诗一同出版的,还有诗歌《谁爱与老妇争执:谁终生是个愚人》(*Wer gern mit Alten Frawen streitt: der bleibt ein Narr seins lebens zeit*)。欧耶尔反对议会军的弑君行为,反对费尔法克斯的"僭主统治",详见 Berghaus 文献,第 208 篇。

③ 参见 Berghaus 文献,第 168 - 173 篇和第 224 篇,另载于 Georg Greflinger,《雪拉同的世俗诗》(*Seladons weltliche Lieder*, Frankfurt a. M,1651)。

④ 参见 Berghaus 文献,第 220 和 221 篇。格莱夫凌格尔创作的其他诗歌和文章,详见 Berghaus 文献,第 216、222、223、228 - 230、251、294、308、439、493、494、578、579 篇。

⑤ 参见 Berghaus 文献,第 270 篇。

⑥ 参见 Berghaus 文献,第 315 篇。

⑦ 参见 Berghaus 文献,第 207 篇。李斯特是不是牧歌的作者,并不十分确定。

⑧ 参见 Berghaus 文献,第 545 篇。

⑨ 参见 Berghaus 文献,第 235、236 和 268 篇。

克姆尼茨(J. J. Chemnitz)①出版的关于英国 regicidium［弑君］的专论和论文。

1661 年,泽森(P. v. Zesen)为查理一世撰写了一部详细传记,名为《被侮辱而又被树起的君王》(*Die verschmähete / doch wieder erhöhete Majestäht*)。②在传记中,泽森勾勒了英国历史从内战前、内战期间到"共和"时代的发展脉络。格吕菲乌斯在创作《被弑的国王》(*Carolus Stuardus*)的第二版时,13 次征引泽森的传记。贝尔格豪斯指出,泽森的传记是格吕菲乌斯悲剧创作的主要素材来源。③

国王查理被弑引发了德意志铺天盖地的政治舆论。于此之际,格吕菲乌斯于 1657 年在布雷斯劳创作了《被弑的国王》(第一版)。格吕菲乌斯将该剧同其他四部悲剧等作品共同收入选集。一年后,即克伦威尔离世之 1658 年,布雷斯劳的出版商利施卡(J. Lischka)再版了选集,并将格吕菲乌斯的另一部戏剧《彼得·古恩茨》(*Peter Squentz*)收入选集。④ 1663 年,格吕菲乌斯在第一版《被弑的国王》的基础上创作了第二版,并将第二版收入特蕾舍尔(V. J. Trescher)在布雷斯劳出版的《喜剧、悲剧、颂歌和十四行诗》(*Freuden und Trauer - Spiele Oden und Sonnette*),这是最后一部由格吕菲乌斯亲定的选集。⑤

---

① 参见 Berghaus 文献,第 212 篇。

② 参见 Berghaus 文献,第 547 - 549、567、568 篇;另载于 Karl F. Otto,《泽森历史手稿》("Zesens historische Schriften"), 载于 *Phillip von Zensen 1619 - 1969. Beiträge zu seinem Leben und Werk*,Ferdinand van Ingen 编,Wiesbaden,1972,页 221 - 230。

③ Günter Berghaus,《格吕菲乌斯悲剧〈被弑的国王〉的素材来源》(*Die Quellen zu Andreas Gryphius Trauerspiel* Carolus Stuardus),Tübingen,1984,页 270 - 288(以下凡引此书简称《来源》)。

④ 参见 Berghaus 文献,第 336 和 348 篇。

⑤ 参见 Berghaus 文献,第 577 篇。

与第一版《被弑的国王》相比,第二版增加了一封格吕菲乌斯致朋友泰克斯托①的献词,一段用拉丁语为克伦威尔写作的墓志铭:Sta Viator │ Si stare sustines │ Ad Tumulum TYRANNI[驻足吧,漫游者,若你能忍受,停留于暴君的墓旁](很可能出自豪夫曼斯瓦尔道),②以及格吕菲乌斯对专有名词及部分文本的详尽注释。③1689年,格吕菲乌斯的儿子克里斯蒂安④将第二版《被弑的国王》收入由他主编的格吕菲乌斯德语作品全集(第三版)。三个版本题目一致。在下文论述过程中,笔者将引用1663年的版本(第二版)。⑤

　　由第二版的献词可以看出,悲剧的第一版在1650年3月就已创作完成。也就是说,在国王身首异处不久后,格吕菲乌斯便立即创作了《被弑的国王》的第一版。⑥正如格吕菲乌斯在献词中所说,他创作第二版并非为了反驳研究者对他的猜测。⑦从格吕菲乌斯的一首十四行诗《致最负盛名的统帅:进献给查理·斯图亚特》(*An einen höchstberühmten Feldherrn / bei Überreichung des Carl Stuards*)可以得知,第一版手稿在完成不久后就呈递于一位政坛地位显赫的名人,而这位

---

① ［译按］西里西亚的梅尔辛(Mersin)的公国君主。

② ［译按］豪夫曼斯瓦尔道(Christian Hofmann von Hofmannswaldau, 1617—1679),巴洛克时期著名诗人。

③ 即 *Kurtze Anmerckungen über CAROLUM*(《关于〈被弑的国王〉的简要注释》)。

④ ［译按］克里斯蒂安·格吕菲乌斯(Christian Gryphius,1649—1706),十七世纪下半叶德意志巴洛克教育家、教学剧剧作家。

⑤ 本文所引的戏剧原文皆依照如下版本:Andreas Gryphius,《被弑的国王》(*Carolus Stuardus. Trauerspiel*),Hans Wagner 编,Stuttgart,1972。

⑥ 参见 Willi Flemming,《格吕菲乌斯和舞台》(*Andreas Gryphius und die Bühne*),Marburg,1914,页445。

⑦ ［译按］大多数研究者认为,格吕菲乌斯在第一版《被弑的国王》中表明了反对弑君的立场。

名人很可能就是勃兰登堡大选侯(1640—1688 年在位)。①

在 1648 年《威斯特伐利亚和约》签订之际,格吕菲乌斯在漫长的游学后重返故乡西里西亚。1638 年至 1644 年在莱顿求学期间,格吕菲乌斯曾结识伊丽莎白,而这位伊丽莎白正是那位曾在荷兰颠沛流离的昔日"冬王"(Winterkönig)、普法尔茨选帝侯弗里德里希五世(Friedrich V.)的夫人。

结束在莱顿的学业后,格吕菲乌斯周游法国和意大利,于 1646 年和 1647 年间在斯特拉斯堡学习法律。重返故乡弗劳士塔特(Fraustadt)后,格吕菲乌斯与门当户对的女子成婚。之后,格吕菲乌斯开始活跃于西里西亚政界。1649 年至 1650 年间,他担任新教侯国格洛古夫的法律顾问,也就是说,他代表新教徒的利益,反对天主教势力、波西米亚国王和维也纳皇帝在新教的西里西亚地区的统治,以及三者在西里西亚地区进行的天主教复兴运动。

在既往的研究中有一种观点声称,格吕菲乌斯的《被弑的国王》乃一部时代剧(Zeitstück)。格吕菲乌斯在创作该剧之前,创作过两部戏剧,分别是《拜占庭皇帝列奥五世》②与《格鲁吉亚女王卡塔

---

① [译按]即腓特烈·威廉(Friedrich Wilhelm,1620—1688),霍亨索伦家族族长,勃兰登堡选帝侯兼普鲁士公爵。

② [译按]《拜占庭皇帝列奥五世》,原名 Leo Armenius,全名为《亚美尼亚人列奥或弑君》,创作于 1646/1647 年,1650 年首次出版。戏剧参照十一及十二世纪的文献,取材于皇帝列奥五世在 820 年圣诞夜于君士坦丁堡皇宫礼拜堂被弑事件。列奥五世,一称亚美尼亚人列奥,拜占庭皇帝,813—820 年在位,在历史上一般被视为僭主。格吕菲乌斯按路德教理解,没有让列奥受罚,而是让他解脱和得救。格吕菲乌斯不认可臣民对僭主的抵抗权,也就不认可弑君的合法性。

琳娜》①。与前两部悲剧不同,格吕菲乌斯借助"大众传播媒介",在《被弑的国王》中极言时事。格吕菲乌斯对时事的密切关注,激发了公众对弑君事件的探讨。那些认为《被弑的国王》是一部时代剧的人拿该剧与布莱希特(B. Brecht)的《第三帝国的恐惧与苦难》、霍赫胡特(R. Hochhuth)的剧作以及二十世纪六十年代的文献剧作比较,断定该剧与这些剧作并无二致,是作家对当下事件的回应。

通过 ex negativo[反证],他们禁止出版这部悲剧,因为该剧旨在干预现实政治。人们一方面指摘剧作家拥有干预政治的意图,另一方面嘲讽作家错失了出版悲剧的最佳时机。错失最佳时机指的是格吕菲乌斯延迟出版该剧的第二版。人们认为,格吕菲乌斯延迟出版第二版的原因在于他对权威和毁誉的恐惧。研究者鲍威尔(H. Powell)在《德语作品全集》的前言中曾用第四幕"宗教和异教徒的合唱"来证明此观点。②在第四幕结尾的合唱中,宗教抱怨自己一直扮演着伪善、叛乱和不正当的角色:

谁若是无法将他疯狂的梦想公之于众,
便拿我的衣服来点缀,播种仇恨和争吵。
[……]

---

① [译按]《格鲁吉亚女王卡塔琳娜》,原名 *Catharina von Georgien*,副标题为《或经受住考验的恒毅》,悲剧,创作于 1647—1650 年间,1657 年出版,戏剧参照十七世纪上半叶的文献,取材于 1624 年格鲁吉亚东部卡赫希王国(时被波斯占领)的卡塔琳娜(1565—1624)王后。根据历史记载,她在夫君大卫一世死后,为阻止波斯皇帝阿巴斯一世(1587—1629 年在位)进攻卡赫希,同时令其支持乃子(后为泰姆拉兹一世)登基为王,于 1614 年成为人质,因拒绝放弃基督教皈依伊斯兰教而被酷刑处死(火钳烧死)。戏剧改编为她因拒绝沙赫阿巴斯求婚和改变信仰而死,亦即为捍卫基督教信仰而死,属殉道者剧。

② 参见 Andreas Gryphius,《德语作品全集》(*Gesamtausgabe der deutschsprachigen Werke*),第四卷,Marian Szyrocki 和 H. Powell 编,Tübingen,1964,前言,页 8。

谁想罢黜国王,

压倒王冠,就带上我的面具。

(第四幕,行 317–319,行 324)

在宗教的控诉后,九位仅仅用罗马数字标明身份的异教徒,围绕着真正信仰的"假象"(四幕,行 331),是"空空一条袍子"(第四幕,行 335)争执不休。然而,异教徒没有论及教义,也没有以教义为据与宗教进行争辩。也许这正说明了该剧的主旨——该剧不执任何偏私的立场,作家捍卫国王和国王统治的神圣权利,反对颠覆政权。

虽然从表面上来看,该剧触及最棘手的政治问题,貌似蕴含干预现实政治的意图,但如果从文学的最高价值原则文学体裁入手,则可以得出明确的结论:巴洛克悲剧从不曾是,也绝不会是时代剧。尚不论巴洛克悲剧的高超形式,作为文学作品,其诗学祈向超越了时代的偶在性和内在性,以融涉超验的内蕴作为旨归。通过不同的历史 exemplum[典范],巴洛克悲剧 sub specie aeternitatis[以永恒的样式],为读者和观众提供永恒的、普适的生命法则。因为在通常情况下,当下的历史事件因依赖具体时代和地域的语境而不具有普遍性,也就是说,当下的历史事件是偶在的、非必然的和不确定的。因此,格吕菲乌斯推迟出版第二版的举动并不能证明他有通过文学性的塑造来干预政治神学探讨的意图。

这种论断并非无足轻重。一些善意的朋友曾对古典文学体裁进行充分定义,以便让今天的读者和一般受教育之众,无论是否带着"以古论今"之见,都能够在阅读的过程中,回溯悲剧概念的渊源。由此引发了这样的思考:人们用一种不符合历史语境的视角指摘作品切合时势,并借此机会得出大量结论,这种解读方式对任何人来说都是不可取的。对戏剧上演情况的忽视,是对文学体裁特征的忽视,亦是对文本构建的历史语境的忽视。据研究表明,该剧于 1665 年由齐陶(Zittau)人文中学的学生搬上舞台,并且只上演过一次。1650 年在托伦

(Thorn)和 1671 年在阿尔滕堡(Altenburg)由学生上演的《被弑的国王》剧,均属于其他作者的作品。①

格吕菲乌斯的两版悲剧都由五幕(Abhandlungen)②组成,每幕后都有一段简短的合唱(Reyen)。合唱承袭了古典悲剧中歌队的形式,在悲剧中承担解释的功能。合唱中通常会出现已故者和被弑者的魂灵、寓意式的形象以及古典神话中的形象。他们对"历史"情节展开评论、界定和阐释,为悲剧在其意义层面赢得了超验之维。如果说,角色之间戏剧化的演说呈现了情节的图像,那么合唱则是作者用以解释文本的要素。③ 通过合唱的形式,文本在自身内部获得阐释的可能,为 exempla historica[历史典范]获得了超验的意义维度,实现了悲剧超验性的诉求。

格吕菲乌斯第一版戏剧第一幕的开篇就向读者和观众表明,国王即将被处以死刑。随后,角色们展开讨论:阻止死刑的可能性、营救国王的计划、实施营救所需要的准备、对死刑赞成与否的回顾和预测等。第二版的第一幕主要展示了费尔法克斯夫人营救国王计划的过程。

---

① 参见 Willi Flemming,《格吕菲乌斯和舞台》(*Andreas Gryphius und die Bühne*),Marburg,1914,页 249。此外,参见 Andreas Gryphius,《德语作品全集》(*Gesamtausgabe der deutschsprachigen Werke*),第四卷,Marian Szyrocki 和 H. Powell 编,Tübingen,1964,前言。

② 十七世纪用 Abhandlung 对应拉丁语的 actus;十八世纪后用 Akt 借译 actus,取代 Abhandlung。

③ [译按]寓意图(Emblematik)由"标题"(inscriptio)、"图像"(pictura)和"解题"(subscriptio)三部分构成。按照 Schöne 的观点,戏剧中每幕具体-塑造性的情节好比寓意图中的"图像",每幕结尾抽象-解释性的合唱好比寓意图中的"解题"。关于寓意图与巴洛克戏剧的关系,详见 Albrecht Schöne, *Emblematik und Drama im Zeitalter des Barock*, München,1993。

由于第二版添加了这一幕情节,①于是第一版的第一幕顺延为第二版的第二幕。②第二版的第三幕主要围绕查理展开,查理已做好随时牺牲自己的准备。

在查理出场前,议会军内部针对是否弒君展开了激烈的争辩,争辩发生在克伦威尔、彼得和举棋不定的费尔法克斯之间。费尔法克斯仍不能下定决心营救查理。在第二版的第四幕中,查理发表了临终演说,费尔法克斯拒绝了费尔法克斯夫人的营救计划。费尔法克斯夫人对丈夫的拒绝表示十分不解,于是她请求一位陆军将领介入营救行动。但是,她的计划失败了,营救行动最后付诸东流。第二版的第五幕展示了处决国王的场景,描写了珀勒狂躁的独白。复仇女神在终场预言,所有曾在西敏宫参与恶行的罪人,都将在未来遭到残酷的报复。

长期以来,人们一直诟病这部悲剧的情节太单一。然而与其他悲剧(《列奥·阿米尼乌斯》[*Leo Armenius*]、《格鲁吉亚女王卡塔琳娜》[*Catharina von Georgien*]和《帕皮尼亚努斯》[*Papinian*])相比,这部悲剧的情节是较为丰富的。戏剧中的主要角色不行动,他们只发表演

---

① 从该剧的情节来看,第二版的第一幕是情节最丰富的一幕,参见 Berghaus,《来源》,页 232。Berghaus 指出,费尔法克斯起初答应参与营救查理,他赞成废黜君主,但是反对处决国王。关于费尔法克斯的信息,格吕菲乌斯主要引自 Bisaccioni,《近期内战史》(*Historia delle guerre civili*),详见 Berghaus,《来源》,页 307–309。

② 第二版中增加的第一幕,是整部悲剧中最重要的一幕,关于第二版对第一版的改动,参见 Andreas Gryphius,《被弒的国王》(*Carolus Stuardus. Trauerspiel*),Hans Wagner 编,Stuttgart,1972,后记,页 158。另见 Albrecht Schöne,《被弒的国王或查理·斯图亚特暨大不列颠王》("Die ermordete Majestaet. Oder Carolus Stuardus König von Groß Britannien"),载于 *Die Dramen des Andreas Gryphius. Eine Sammlung von Einzelinterpretationen*,1968,页 126(下文凡引 Schöne 皆出自此书)。格吕菲乌斯在第二版的原文后附了一篇《关于〈被弒的国王〉的简要注释》(*Kurzen Anmerkungen über CAROLUM*),其中列举了其他信息的出处;第二版《被弒的国王》没有内容简介。

说;他们在大多数情况下用语言完成行动。他们不描述其他角色在其他场景的行动,而是依次将其报告出来。悲剧的主角国王查理,他是一个受难者。如果用亚里士多德的悲剧理论来分析查理,作为悲剧的主角,无论查理是无辜的还是有罪的,他理应具备某种 harmatia[弱点],而这个弱点是导致悲剧情节反转的关键。然而,在该剧中没有任何关于查理的弱点的情节。

因此,不能用亚里士多德的悲剧理论来阐释格吕菲乌斯的悲剧。这个结论是恰切并十分重要的,因为人们常用亚里士多德或莱辛的悲剧理论"指摘"格吕菲乌斯的作品,这体现了他们缺乏对巴洛克悲剧的本质的认识。然而这种错误的观点对我们洞悉格吕菲乌斯悲剧的特征起到了正面和恰当的作用。因此,下文并非研究十七世纪悲剧理论与亚里士多德、莱辛悲剧理论的区别,亦非考察十七世纪悲剧理论对亚里士多德悲剧理论的变形或转释,而是从人们对该剧的诟病出发,寻绎该部悲剧的本质特征。

首先,悲剧的主要目的不是向观众再现人物或主要人物的具体情节,让观众学习和分析具体的情节,而是让观众牢牢记住剧中典型的人物设置和典型的行为后果所蕴含的意义。

第二,Dramatis personae[戏剧角色]的品格,即登场角色的品格,不像亚里士多德、歌德或席勒悲剧中的戏剧角色那样通过行动建构。剧中的角色是道德、政治和神学观念的代表,偶尔也是私人和家庭观念中的代表(从普遍的范围来考虑),其行动与救赎息息相关。也就是说,在关于灵魂救赎的永恒话题中,角色代表了人类的基本态度和基本抉择(角色不拥有由个性化行动决定的品格)。戏剧角色的悲剧性不在于角色的生命会受到威胁,而在于角色可能会丧失灵魂获得永恒救赎的可能。戏剧角色的基本态度不由行动者的具体行动而是通过行动者的在场来决定。行动者的在场由布局周密的修饰术(Rhetorik)来实现。因此,角色的具体行动或动作,例如他是坐着还是站着、步伐的距离，这些均无关紧要。具有修辞特征的独白和对话才是实现角色在场的途径。

因此，角色可以是布道者、博学多识的争辩者、辩护律师、提供规谏的politicus［君子］，也可以是阴险的、"智术的"谋算家。在剧中，角色使用轮流对白(Stichomythie)的争辩形式为戏剧制造冲突。因此，读者和观众情感的升温不是由戏剧角色的行动左右的，而是由修辞术决定。在既往的文学史中有一种过时的、不符合历史语境的观点普遍被人们接受，这种观点认为，格吕菲乌斯的"帝王－国家大戏"是作为"案头剧"(Lesedramen)而构思创作的。尽管该观点不符合戏剧史中对格吕菲乌斯戏剧的评价，但却从反面为我们提供了一些正确的讯息，揭示了悲剧修辞化的本质特征。剧中的修辞术不以展现具体角色的具体行动特征为主，而是通过语言和手势呈现事件的样貌(Schauseite)为本，以便把事件纳入救赎史(Heilsgeschichte)的框架中，让悲剧成为展示信仰之域灵性之教义的媒介。因此，在阅读这类悲剧时(以格吕菲乌斯的戏剧为例)，人们需要用一种观赏雕塑的严肃感，在脑海中想象演员的"步伐"、运动、表情和语言。

第三，戏剧只有展示宫廷－政治(höfisch－politisch)场域中"大人物"(通常是罗马史中的帝王或统治者)的典范，才能赢得超时代的意义，在不同层维中关涉救赎。因此，悲剧唯有潜入宫廷和政治场域最深刻的冲突和抉择中，方能流溢出最深邃的蕴意。原因在于，只有在最极端的情状下才需要做出抉择和判断，也唯有在最极端的情状下产生的冲突和抉择，方能为读者和观众提供规谏。亦即，最极致的情状能够给读者和观众留下最深刻的印象，而读者和观众只有在最深刻的印象中，才能闻见真实。因此，剧作家在悲剧中主要塑造的对象，不是由行动决定的个体化人物，而是高居于云天中的人——帝王，因为帝王最能够代表人的此在(Seinsrepräsentanz)。在悲剧中，行动一点也不重要，即使行动是最能体现角色此在的方式，剧中的角色也应以帝王将相的方式行动(修辞术),而不是个体化人物的自我表演。

第四,在舞台上演出的悲剧,是"这出悲剧"(第二幕,行143)的表演,是"尘世"(Welt)的再现,是蕴藏世俗史中所有典型事件的载体。如果不考虑事件发生的具体日期,人们可以毫不费力地将此次弑君事件纳入所有的历史典范中:"历史化"意味着去历史化,这就是《被弑的国王》不是一部时代剧或政治倾向剧(Tendenzstück)的原因。格吕菲乌斯常用"航船"和"海难"(如第二幕,行333 – 334起)的寓意来描述"不定之事意想不到的倒台"(第五幕,行9),而这实际上正是尘世苦海——"苦剧"(Jammer – Spiel)(第二幕,行115)的结构。

"尘世"和身处尘世中的人并非经验空间或经验空间中的主体,他们内心向往的并非施尼茨勒(A. Schnitzler)意义上的"渺远之疆",因为巴洛克文学不是读者探寻宇宙奥秘以获得经验的媒介。在格吕菲乌斯的悲剧中,vanitas[虚空]——欺骗性的表象——寓居在尘世日常情状的阴影背后,只有借助尘世的舞台,才能揭示其本质:在尘世的舞台上,人们寻绎救赎之路,因为在临终前,他们什么也不剩下。人们无法预测这条救赎之路,因为人们看到的所有路标皆是虚妄的,并且人们也看不到恒常不变、真实不虚的事物。

由于达臻终极目标殊为不易,所以在舞台上呈现的"一切",不论是永恒的神圣还是永恒的诅咒,都需要依赖一个最极端的、最激烈的、最负面的例子为读者和观众提供箴规:人们只有对戏剧角色的误入迷途——"颠倒尘世"的表现——辩证否定地进行思考,才能洞察尘世的本质,祛除尘世欺骗性的特征,发觉人生实相。这就是西班牙伦理学中"觉醒"(desengaño)的概念,即把藏匿于欺骗、自我欺骗和错觉背后的真理昭揭于世。作家将这种创作方式视为传教士般的认知批判(Erkenntniskritik),即用修辞术对抗此世的错觉。

国王是受难者中最典型的代表。在该剧第二版的第一幕(第一版的第二幕)中,作家将对国王判处死刑视为最大的罪行,并以此基调进行创作。①在所有与查理谈话并试图说服他的人的眼中,查理是一个被动的受难者,查理自己也是这样认为的。在第一幕中,格吕菲乌斯主要展示了费尔法克斯夫人劝说费尔法克斯接受营救国王行动的过程。费尔法克斯夫人与查理被动的形象形成了鲜明的对比。身为国王的查理虽是受难者,然而同时也是得胜者,因为查理是上帝的拣选者。

虽然如此,查理在本质上却仍与普通人并无二致。如果人们从"贵族对抗人民"的模式出发,把现代的视角投射在该部戏剧上,那么这种方法从本质上是错误的。因为这种投射型的阅读和阐释方式没有把代表的范畴纳入其中,并且缺乏一个渐进式的参照。每个人都是寻求救赎的人,每个人都是"被拣选"者:基督教的基本事实——基督的复活——是可以被认识并描述的。但是,倘若悲剧只展示普通人的困境,便不能实现这个终极目标。对读者和观众来说,剧作家只有厘清人物的抉择,廓清情节的轮廓,辨别事物的清浊,才能实现悲剧的教化功能,而戏剧的教化功能只有在宫廷和政治的场域中才能实现,因为宫廷和政治场域对人的此在最具有代表性。这也正是文学体裁中拥有最高冠冕的悲剧在小说面前为自己辩护的依据。②从这个意义上来看,国王最终成为拣选者、受难者、殉道者,他代表了"每个"人的结局,他的殉道为每个欲获救赎的人提供镜鉴。与其他路径相比,这条路径最可靠,因为悲剧展示的是一条"王者之路"。

正如前文一直强调的,格吕菲乌斯悲剧中所有的殉道者形象,列

---

① 以克伦威尔为首的密谋者持相反观点,他们"反证"对国王判决死刑和执行死刑的合法性,详见 Schöne,页157。Schöne 指出,密谋者将国王描绘成巴拉巴(第三幕,行46)。这是他们党派内部流传的对查理的形容,但是不被保皇派认可。对密谋者的阐释也属于效仿受难的行文结构的一部分,参见 Schöne,页85。

② 参见 Schöne,页153。

奥五世、卡塔琳娜、查理、皇家法学家帕皮尼亚努斯,都是按照基督教和新廊下派(das christliche Neustoizismus)思想塑就而成的,所有角色都心甘情愿为基督教牺牲。他们象征着无辜者,同时他们也是constantia[坚韧](Beständig)、aequitas animi[笃定](Gleichmut)、magnanimitas[豁达](Großmütigkeit)的代表。① constantia[坚韧]代表了对自我认同和自我认可持守原则的理想,是近代自持(Selbsterhaltung)概念在神学上的预成说法。因此,格吕菲乌斯在悲剧的创作中主要采取殉道剧(Märtyrerdrama)的模式,因为一位坚贞不屈的殉道者,他在悲剧中的"跌宕"或"起伏",他丧失此世的生命或获得彼岸的永恒,皆体现了基督教殉道者的矛盾。

于是,基督教殉道者的矛盾成为悲剧情节"反转原则"②的来源,成为剧作家悲剧创作的根源。"反转"也成为"庸俗文学"作家写作时必要的考虑因素。可以看出,现代文学的批评范式源自救赎史的框架。在救赎史的框架中,所有外部现实皆是不可信且"颠倒的"(verkehrt)。因此,"颠倒"成为独一可信的真理:以永恒的样式,一切均非实

---

① 塞涅卡,特别是 seneca tragicus[塞涅卡的悲剧],对许多剧作家产生了重要的影响,包括荷兰圣经剧的作家和格吕菲乌斯,详见 Jammes A. Parente Jr.,《宗教剧和人文主义传统。1500 年至 1680 年德国和荷兰的宗教剧》(*Religious Drama and the Humanist Tradition. Christian Theater in Germany and in the Netherlands* 1500—1680, Leiden ,1987);利普修斯(Justus Lipsius, 1547—1606)在他的著作中论述了新廊下派哲学思想,其著作有《政治学》(*Politica*, 1589)、《廊下派哲学指导手册》(*Manductio ad Stoicam Philosophiam*, 1604)、《廊下派的自然哲学》(*Physiologiae stoicorum*, 1604)以及塞涅卡原著的注释版;利普修斯最受青睐的政论《论恒》(*De constantia*)出版于 1548 年,德译版出版于 1599 年;德译版可参考 Leonard Forster 1965 年斯图加特的版本;Florian Neumann 1998 年美因茨的版本中有翻译、注释和后记。关于格吕菲乌斯戏剧中的复杂旨趣,参见 Schöne,页 131。Schöne 在书中反对既往的观点,即格吕菲乌斯代表了廊下派的哲学思想。

② 参见 Schöne,页 130。

相,众生颠倒。格吕菲乌斯在作品中使用寓意的笔法,将命运(或命运的车轮)作为实现悲剧情节"反转"的意象:

> 君主从死亡中知晓,不久之后,命运的飞轮将错乱颠倒。①

救赎史像一架充满矛盾冲突的机器,其中蕴含了几组最常见的矛盾:时间、帝国、权力与永恒;低谷与高潮;生命与死亡(紫衣与丧服:第二幕,行492);王宫与囚牢(第四幕,行217);夜晚与光芒(第五幕,行437–438);财产与牺牲;盈利与亏空;欲念与苦难;危险与安全(海、船、港口与沉船、灭亡:第二幕,行332以下)等等。悲剧的主要矛盾在于统治者命运反转造成的"落差"(Fallhöhe),因此悲剧必须设立在最高层次上,只有这样,主人公才能尽可能登高跌重,身处高位者才能遭受最极端的玷污和否定。在第一幕的第一段独白中,费尔法克斯夫人抱怨了查理的"跌落"(第一幕,行6)。费尔法克斯夫人用精明和恰当的修辞手法表达了她的震惊,质疑了议会军对查理的判决。她运用修辞手法将弑君行动描绘成一件并非不可避免之事,因为她试图通过演说阻止人们的弑君行动。如同《拜占庭皇帝列奥五世》中的皇帝列奥(Leo)十分善用格言警句,查理也总是强调说:

> 我必须向朋友与子女寄送讣告,宣布查理将死。
> 不!走向荆棘冠之人,不会毁灭!
> 我查理将屹立不倒,
> 纵使我躯体倒下[……](第四幕,行42–45)

历史上最能够体现殉道者的矛盾性是腓力二世(Phillipp II.):按照他的旨意,他的埃斯科里亚尔宫,即埃斯科里亚尔大教堂,被建造成长方体的形状,因为当年基督教徒圣洛伦索受刑的工具就是灰色的长

---

① 引自Schöne,出处同前。

方形铁罐。在《被弑的国王》中,"王冠象征"(Kronensymbolik)增加了悲剧的"落差"。格吕菲乌斯在悲剧创作中(特别是第一版)借用了《王者肖像》(*Εἰκὼν Βασιλική*)中"王冠象征"的塑造模式。1649年,《王者肖像》于英国出版,德译版与英译版也于同年出版。格吕菲乌斯使用的是拉丁语的版本。这部著作共28章,前26章是国王的辩护词(Defensio pro se),第27章是国王致查理二世的一封信,最后一章是国王被禁期间(1647年至1648年)创作的《关于死亡的思考》(Todesgedanken)。

早在1642年,这部著作的大部分就已创作完成。1648年,在国王查理一世修改和补充后,该部著作由神学家、保皇派高登(J. Gauden)编辑并出版。①该书内附一幅寓意式的铜版画,以及一段保皇党对此铜版画简明扼要的解释:查理身着王袍,抬头望向天空中"神圣并永恒的王冠",右手拿着"带刺并轻浮的荆棘冠",地上摆着"闪耀并沉重的金色王冠",脚踩着地球仪("尘世的虚空")。②

正如上文所说,在国王被处死前,作品的大部分就已创作完成,在出版前的作品中,国王被囚和生命受到威胁影射了耶稣的受难。在出版后的作品中,查理作为殉道者的形象仍在作品中延续。作家通过"王冠象征"的手法为将查理的殉道与耶稣的受难进行类比,将查理刻画成"无辜的羔羊",把"议会军的反抗行动喻为屠宰场中的行为"。③

---

① 参见Berghaus,《来源》,页117。Berghaus指出,在查理被处死后的一周内,《王者肖像》的第一版就于伦敦问世,截至1649年末共加印了35版。1649年至1650年间,该部作品被译成多种语言,包括荷兰语、法语(7个版本)、德语(2个版本)和丹麦语。第一个德译本是《王者肖像或对国王查理的痛苦和在监狱抗辩的塑造》(ΕΙΚΩΝΒΑΣΙΛΙΚΗ oder *Abbildung des Königes Carl in seinen Drangsahlen und Gefänglicher Verwahrung*,1649)。

② 引自《对铜版画的解释》(Erklärung des Kupferstichs),详见Berghaus,《来源》,页121-123;另见Schöne,页128。

③ 参见Berghaus,《来源》,页124。

格吕菲乌斯遵循了《王者肖像》中 imitatio passionis Christi [效法基督受难]的理念,在悲剧中(特别是第二版)塑造了国王查理受难的形象。正如上文提到过的,彼得和刽子手在对话中将查理比作巴拉巴,这一点恰好可以证明查理效法耶稣基督。不仅如此,第二版中新加入的角色珀勒也证明了查理的殉道效法耶稣的受难。关于珀勒的独白(第五幕,行 157 起),格吕菲乌斯在注释中如此说道:

> 这人是谁／很多人并不陌生。我姑且不提他的名字。他已经惩罚了自己／受到自己的制裁。

薛讷在研究中指出,珀勒代表"犹大",他在第五幕的自杀让人联想到犹大的自杀。① 不仅如此,剧中诸多情节都能够让人联想起耶稣基督的受难。格吕菲乌斯曾在注释中提到,他共五次援引了《王者肖像》。虽然大多保皇派的文献②也采用了把国王殉道与耶稣受难进行类比的模式,并使用了"王冠象征"的手法,但是《王者肖像》是格吕菲乌斯"王冠象征"和类比模式的主要来源。正如格吕菲乌斯在第二版的《简要注释》(*Kurze Anmerkungen*,行 498)中说的:

> 作为记录国王查理生死的作家,我要表达一些重要的想法:

---

① 参见 Schöne,页 147。
② 例如 Claudius Salmasius,《为查理一世辩护》(*Defensio regia pro Carolo I.*, 1650)以及 Conte Maiolino Bisaccioni,《近期内战史》(*Historia delle guerre civili di questi ultimi tempi*, 1652 首版),此外还有 Peter Heylyn,《死去的大不列颠国王查理》(*Der Entsehlte König Carll von Groß Britannien*,1660 年德语第二版,1658 年英文原版)。根据 Zesen,《被侮辱而又被树起的君王》(*Die verschmähete / doch wieder erhöhete Majestäht*,1661),Bisaccioni 和 Heylyn 的作品都是格吕菲乌斯完成《被弑的国王》第一版后接触到的重要文献来源,也被他写入第二版的《关于〈被弑的国王〉的简要注释》中。参见 Berghaus 文献,第 204、205 (Salmasius)、499 (Heylyn)、547 – 549、567、568 (Zesen)篇以及 Berghaus,《来源》,页 145、210、247、270。

"两院议员在其请愿、通告和声明中,屡次向国王预许,日后将把他树立为伟大光荣的国王。他们遵守了诺言,把(之前为他准备好的)尘世之沉重的荆棘冠,变成永垂不朽的荣誉之冠。"①

国王的殉道影射了耶稣基督的受难。正如薛讷指出的,"按照宗教模式中的榜样(Vorbild),借助语言的形式塑造人类历史和生活日常",②这符合十七世纪作家文学创作的历史语境。也就是说,按照宗教人物的模板并借助寓意的形式,作家用形象化的方式塑造国王的典范,以此为历史典范获得救赎史的真实性。于是国王的典范赢得了历时性和"历史性"的维度。为了更好地理解这个观点,下文从三个方面展开论述。

第一,历史中的典范(典范这里具体指国王查理殉道)塑造救赎史中的真理(真理这里指基督受难):一方面,典范预示了真理;另一方面,典范让人们回想起真理。

第二,典范,亦即实现救赎史 verritas [真理] 的 figura [形象],介入了救赎史中关于真理的预言和实现(Prophetie und Erfüllung)的关系中:在预言的含义下,典范 praefiguratio [预表] 耶稣基督(好比以撒牺牲与耶稣基督献身的关系);在实现的含义下,典范后表(Post-Figuration)耶稣基督。③

第三,承认后表理论的前提是,在建立形象和真理的关系时,扬弃

---

① 引文出自 Peter Heylyn,《死去的大不列颠国王查理》(*Der Entsehlte König Carll*)。Schöne 遵循《王者肖像》铜版画上寓意式的冥思场景及对行498的注释,强调了三重冠的概念,即尘世的王冠、殉道者的荆棘和天堂的永恒之冠,参见 Schöne,页128、135。Berghaus 则依据1968年 Schöne 尚未得知的素材来源,论据充分地将这一象征理解为尘世之冠与永恒之冠的二元对立,参见 Berghaus,《来源》,页255。

② 参见 Schöne,页162。

③ 这一概念主要因 Schöne 的提议而通用,参见 Schöne,页168。

具体的时间特质。也就是说,形象 imitatio veritatis[效法真理],它可以存在于真理实现前,也可以发生在真理实现后。这无异于说,人们不能只用一种线性的时间观来理解旧约的预言与新约的实现之间的关系。奥尔巴赫(E. Auerbach)就曾用七睡仙(Siebenschläfer)的传说影射基督的复活,并赋予了中世纪盛期"布列塔尼传说中的人物(例如《寻找圣杯》中的加拉德)特殊的含义"。①

因此,如果说定罪查理和处决查理,皆效仿基督受难,那么作家"塑就的形象"②——查理——后表耶稣基督。毫无疑问,格吕菲乌斯的创作带有神学思想的印记,并且充满政治寓意:国王的神圣权利具有不可触碰的正当性(Legitimität)。格吕菲乌斯持有路德宗的国家理论观点。但是,人们囿于时代的局限,依赖于当下的认知水平,仍用今天的眼光来解释这部悲剧。

于是,针对这部悲剧,学界内仍存在两种相左的观点:其一,作家

---

① Eich Auerbach,《形象论》("Figura"),载于 *Archivum Romanicum* 22 (1983),页 478;再版于 E. A.,《罗曼语语言学文集》(*Gesammelte Aufsätze zur romanischen Philologie*, Bern/München,1967),页 55 – 92。Schöne 以这篇文章为基础,发展了教父神学和中世纪的形象化(Figuralismus)概念。

② 参见 Schöne,页 166。1968 年前,Schöne 的研究是权威性的。与 Schöne 持相反观点的研究文献有:H. W. Nieschmidt,《真实还是虚构?》("Truth or Fiction?"),载于 *German Life and Letters*, N. S. 5,1970/71,页 30 – 32;Janifer Gerl Stackhouse,《为格吕菲乌斯悲剧的历史真实性辩护》("In Defense of Gryphius' Historical Accuracy"),载于 *Journal of English and German Philology* 71,1972,页 466 – 472;Karl Heinz Habersetzer,《伦敦的悲剧舞台:安德里亚斯·格吕菲乌斯〈被弑的国王〉的原始素材研究》("Tragicum Theatrum Londini. Zum Quellenproblem in Andreas Gryphius' *Carolus Stuardus* "),载于 *Euphorion* 66,1972,页 299 – 307;Karl Heinz Habersetzer,《政治类型与历史典范:历史美学视域下的巴洛克悲剧研究》(*Politische Typologie und historisches Exemplum. Studien zum historisch – ästhetischen Horizont des barocken Trauerspiels*, Stuttgart,1985);其余批评可参见 Berghaus,《来源》。

对角色的塑造,为了加强君主制的合法性(Legitimismus),在整个欧洲大陆探讨弑君事件的背景下,作家把悲剧视为服务于神学和政治宣传的工具;其二,正像薛讷指出的,查理影射耶稣基督是政权合法性的源头,所以薛讷在其著作中反诘道:"这部悲剧真的是一部旨在影响政治意见的艺术作品吗?"①

宗教观是格吕菲乌斯在文学中塑就角色的根柢。但是,人们对此诗学尚感到十分"陌生",并认为其不符合历史语境。②如果人们从十七世纪文学交流和悲剧功能的角度来研究巴洛克悲剧,也许可以获得认知上的进步。需要指出的是,十七世纪文学交流与悲剧功能的场域是统一的。而在近代晚期背景下的文学和艺术作品的交流与功能与近代早期相比发生了一定程度的嬗变。

---

① 参见 Schöne,页 162。
② 参见 Schöne,页 169。与 Schöne 持相反观点的代表性研究,来自 Habersetzer(1985)。Schöne 在另一部研究《寓意图与巴洛克戏剧》(*Emblematik und Drama im Zeitalter des Barock*,München,1993)中涉及了寓意图的概念,但是 Schöne 没有探讨寓意图与戏剧语言之间的关系。关于寓意图和戏剧语言的关系,参见 Sabastian Neumeister,《格拉西安的视觉语言》("Verbale Visualisierung bei Gracián"),载于 *Theatrum Mundi. Figuren der Barockästhetik in Spanien und Hispano - Amerika*,Monika Bosse 和 A. Stoll 编,Bielefeld,1997,页 91 - 102。

附录二

格吕菲乌斯的悲剧《被弑的国王》*

瓦格纳(Hans Wagner) 撰

谷裕 译

巴洛克戏剧家格吕菲乌斯在创作《被弑的国王》之前,创作过两部戏剧,分别是《拜占庭皇帝列奥五世》和《格鲁吉亚女王卡塔琳娜》,两部剧均取材于历史。格吕菲乌斯不曾想,就在自己生活的时代也将发生重大历史事件,其涉及问题之紧迫、意义之透彻,足以让人预感到某种超时代的价值和普遍意义:1649 年 1 月 30 日,大不列颠王查理一世登上断头台,被打着正义的幌子砍了头。有关查理被判决和砍头的消息,一时间如野火般在欧洲蔓延,倾动朝野。

格吕菲乌斯之所以特别关注这一事件,是因为:其一,他在荷兰读书时曾结识查理一世外甥的夫人伊丽莎白,也就是普法尔茨选帝侯、人称"冬王"的弗里德里希五世的夫人;②③其二,事件关系到十七世纪

---

* 本文出处:Hans Wagner: Nachwort. In: Andreas Gryphius: Carolus Stuardus. Trauerspiel. Hrsg. v. Hans Wagner. Stuttgart,2001,页 155 – 166。

② 参见 Hugh Powell,《格吕菲乌斯〈被弑的国王〉的两个版本》(The Two Versions of Andreas Gryphius' Carolus Stuardus),载于 German Life and Letters, N.S. 5(1951/52),页 110。

③ [译按]伊丽莎白·斯图亚特(1596—1662),詹姆士一世的女儿,按娘家算是查理的胞妹,按夫家算是外甥的夫人,1613 年嫁给弗里德里希五世,1621 年流亡到荷兰,在荷兰生活四十年,1632 年起寡居。弗里德里希五世(1596—1632),1610 至 1623 年为普法尔茨选帝侯,信加尔文教,1619 至 1620 年被新教诸侯推举为波西米亚王。"冬王"是天主教皇帝方面的谑称,希望他

国家哲学和政治思想。按十七世纪的观念,国王由神任命,并且只对神负责。格吕菲乌斯在莱顿学习期间,与法国语文学家萨尔马修斯(Claudius Salmasius)①结交,萨尔马修斯即支持斯图亚特,积极捍卫君主的神圣权利。对于时人而言,法官的权力僭越君主,就相当于僭越神赋予法官的职位。《被弑的国王》第一幕结尾"被弑的英格兰诸王的合唱"即表达了这个意思:

> 主啊,是你任命君主代理你的职位
> 你还要观望多久?
> 难道我们的遭遇不是损害了你神圣的权利?
> (第一幕,行 321 以下)

剧中苏格兰特使反驳克伦威尔的话表达了同样意思:"世袭君主倘若获罪于神,那么也只有神有权惩罚他!"(第三幕,行 761)该句使用了交错修辞法[君主得罪神,神惩罚君主],修辞本身就包含:君主不仅只对神负责,而且也只能获罪于神。② 此外路德本人特别强调君主职位的神性来源,而格吕菲乌斯是一位坚定的路德教徒。对于格吕菲乌斯来说,查理被砍头之所以令人震惊,并非弑君事件本身——这在英国历史上屡有发生,而是如其所言,是它所采用的"岛国的方式"(第

的王位无时。他是引发三十年战争的人物之一,在白山战役中与皇帝军队作战失败后,丢掉波西米亚王国,并受"帝国剥夺法律保护令"制裁,丢掉了普法尔茨和选帝侯资格。

① [译按]萨尔马修斯(1588—1653),曾在海德堡学习古代语文学,在此皈依新教(海德堡是皈依加尔文教的普法尔茨邦国首府),1631 年起在莱顿大学(加尔文教)任教,曾撰文为查理一世辩护。

② 参见 Albrecht Schöne,《被弑的国王或查理·斯图亚特暨大不列颠王》("*Die ermordete Majestaet. Oder Carolus Stuardus König von Groß Britannien*"),载于 *Die Dramen des Andreas Gryphius. Eine Sammlung von Einzelinterpretationen*, Gerhard Kaiser 编,Stuttgart,1968,页 141。

二幕,行196),亦即事件真正令人惶恐的,是它打着正义的幌子,履行了法律程序,拟定了正式的死刑判决。如此行径之渎神之处在于,国王的对手或披着宗教的外衣,如独立派领袖胡戈·彼得,或把弑君说成受神感应的行为,如威廉·休利特(第三幕,行53及以下)。格吕菲乌斯通过费尔法克斯、彼得和克伦威尔之间的对话,赤裸裸揭示出该团伙不过是用虚伪来掩饰纯粹的个人权力主义(第三幕,行261及以下),他同时通过第四幕结尾的寓意性合唱,暴露出他们对宗教的滥用。格吕菲乌斯提请时人注意,倘若整个欧洲都效仿英格兰的先例,将会出现怎样的后果。臣仆如若把自己抬升为法官,去裁决由神涂油的君主——他称之为"欧洲的诸神"(第三幕,行529),那么整个欧洲的社会秩序就会发生动摇。因此与其他剧作不同,《被弑的国王》不再取材于过去的历史或中世纪传奇,而是取材于当时发生但具有普遍政治意义的事件,积极把它搬上舞台。

凡此因素不免会导致把《被弑的国王》解释为一部纯粹的政治倾向剧、一篇政治论战、戏剧形式的檄文①或众多论战文字中的一种——在查理处决后不久,此类文字便在欧洲风起云涌,其中很多都充当了格吕菲乌斯的资料来源。然而通过对戏剧成文史的考察,可以看到,具体的政治倾向最多只是作品内涵的一部分,戏剧的结构及其特有的超时代的内涵并未受其沾染。

格吕菲乌斯创作《被弑的国王》的具体时间已不得而知。本书选用的是第二版,在该版前言中,作者称自己在查理砍头后"不日便投入

---

① 可参见 Mary E. Gilbert,《格吕菲乌斯〈被弑的国王〉——查理一世被处决的当代悲剧》(Carolus Stuardus by Andreas Gryphius. A Contemporary Tragedy on the Execution of Charles I.),载于 *German Life and Letters*, N. S. 3(1949/50),页83;以及 Friedrich Gundolf,《安德里亚斯·格吕菲乌斯》(*Andreas Gryphius*), Heidelberg 1927,页41:"这部戏剧不过是伪装拙劣的派系争斗,是对弑君行径的愤慨抨击……"

创作,满怀惊愕,表达对弑君行径的憎恶"①(页 5 行 14 及以下)。弗莱明(W. Flemming)推断第一版早在 1650 年 3 月就已完成,②但在 1657 年才随格吕菲乌斯选集第一版出版(以下称第一版),在此之前并无单行本问世。格吕菲乌斯也并非出于一时愤怒而奋笔疾书,因第一版使用的很多文献,被证明是当时的文献和报道。③ 本卷的底本 1663 年出版,是作者的亲定版(以下称第二版)。第一、二版间存在很大差异,以致有人称"两个版本两部作品"。④

格吕菲乌斯为何要对第一版进行大幅改动呢？或许是受两个外

---

① 原文抄录:"… Poema, quod paucos intra dies Attonito, atq; vix condito in hypogaeum REGIS cadaver sceleris horror expressit."

② 参见 Willi Flemming,《格吕菲乌斯和舞台》(Andreas Gryphius und die Bühne),Halle a. d. S. 1921,页 445。

③ 关于格吕菲乌斯对同时代素材的选用,可参见 Gustav Schönle,《格吕菲乌斯的悲剧〈被弑的国王〉——素材的来源与塑造》(Das Trauerspiel Carolus Stuardus des Andreas Gryphius, Quellen und Gestaltung des Stoffes, Bonn,1933)。关于素材的汇总,可参见 Hugh Powell,《被弑的国王》(Carolus Stuardus, Leicester,1955),前言,页 135。Janifer Gerl Stackhouse 以及 Karl－Heinz Habersetzer 同时为此前被 Albrecht Schöne 视为格吕菲乌斯虚构的素材(参见 Albrecht Schöne 上述引文的页 154 起)确定了来源,即英国神学家兼历史学家 Peter Heylyn(1600—1662)所著的《简述国王查理的生活与统治,〈大不列颠第二任君主〉的从生到死》(A Short View of the LIFE and REIGN of King Charles, [the second Monarch of Great Britain] from his Birth to his Burial, London,1658)。具体可参见 Janifer Gerl Stackhouse,《为格吕菲乌斯悲剧的历史真实性辩护:〈被弑的国王〉缺失的素材来源》(In Defense of Gryphius' Historical Accuracy: The Missing Source for Carolus Stuardus),载于 Journal of English and German Philology 71,1972,页 466－472 以及 Karl－Heinz Habersetzer,《伦敦的悲剧舞台:安德里亚斯·格吕菲乌斯〈被弑的国王〉的原始素材研究》(Tragicum Theatrum Londini. Zum Quellenproblem in Andreas Gryphius' Carolus Stuardus),载于 Euphorion 66,1972,页 299－307。

④ 参见 Andreas Gryphius,《德语作品全集》(Gesamtausgabe der deutschsprachigen Werke),第四卷,Marian Szyrocki 和 H. Powell 编,Tübingen,1964,页 13。

在原因驱使:其一是他此前很多模糊的预测在其间得到证实,即随后发生的事实证明,克伦威尔的统治不过是英国王朝史中的一个插曲,不久后被弑的查理一世的儿子查理二世便登基为王;其二是其间涌现出很多新文献,一方面证实了格吕菲乌斯此前对1649年事件的解释,一方面也促使他深化第一版的内涵。抛却个别文字改动不提,两个版本间主要有以下几点区别。

首先,第二版新增了一个第一幕,写费尔法克斯的夫人计划营救查理。这样一来,第一版的第一幕就顺延为第二版的第二幕,其第二、三幕则合并为一幕,充当第二版的第三幕。这样第二版的三幕就变得内容极其丰富,篇幅偏长。

其次,费尔法克斯显然接受了夫人劝说,准备实施营救计划。这样他的态度就当较第一版温和。为达效果,格吕菲乌斯干脆把费尔法克斯与克伦威尔争辩一场(第三幕,行157)的台词进行了对调。① 这也从侧面反映出,巴洛克戏剧人物——至少是次要人物——与其说有个性,不如说是不同意见的传声筒。

第三,在斯特拉福德和劳德魂灵对话的一场中新增了一个异象,②预示弑君的凶手将受到惩罚,斯图亚特家族将继续当王(第二幕,行141-160)。

第四,第五幕添加了以下部分:(1)行45-96,讲有人通过"主要人物委员会"向查理转达营救建议,遭到查理拒绝;(2)行103-118,

---

① [译按]费尔法克斯,即 Thomas Fairfax, 1612—1671,是英格兰军队的统帅,在第一版中对弑君的态度比克伦威尔强硬。

② [译按]斯特拉福德,即斯特拉福德伯爵温特沃斯(Thomas Wentworth,1593—1641),1633至1640年任爱尔兰总督,1640年引国王军队镇压苏格兰暴动,1641年被长期议会判处死刑。劳德(Wilhelm Laud, 1573—1645),1633年起任坎特伯雷大主教,查理一世的顾问,反对清教徒,引发了1639/40年苏格兰长老会的暴动,1645被长期议会判处死刑。查理一世迫于议会压力,签署了处决令。

讲居克逊主教向查理宣读"教会礼仪用书"中基督受难部分的经文；(3)珀勒一场（行 157-260），讲这位弑君者陷入癫狂，自责不已，并看到预示未来事件的异象。毫无疑问，如之前劳德魂灵所见异象，此处的异象也是一个独具匠心的设计，通过它可以把后来已知发生的事件嵌入剧情，而不致破坏戏剧时间的统一。

这些改动貌似多余甚或是败笔。有学者认为，新版虽增加了费尔法克斯夫人营救未遂的情节，却未能有效弥补戏剧整体缺乏外在情节的缺陷。增加的部分未能增强戏剧性效果，因营救计划最后不了了之，甚而显然是被遗忘了。倘若换成莎士比亚则一定大不相同！莎翁定会把苍白的克伦威尔打造成魔鬼般的恶人！——此为早先广为流行的以今论古评论巴洛克戏剧的例子。还有，新增的第一幕，打破了原有具体-塑造性情节与抽象-解释性合唱之间的平衡。然而另一派学者的论证却使此类诟病不攻自破。他们认为，改动后，查理不再是一名单纯的殉道者，而是随着戏剧发展，逐渐趋于基督的形象，直至等同于他。进而，基督受难的模式规定了整部戏剧的结构。对此，先有吉尔伯特的论文指出其中关联，后有薛讷进行了详细的论述。①

---

① 即 Mary E. Gilbert,《格吕菲乌斯〈被弑的国王〉——查理一世被处决的当代悲剧》，页 81-91；以及 Albrecht Schöne,《被弑的国王或查理·斯图亚特暨大不列颠王》，页 117-169。亦可参见 Hermann Isler,《〈被弑的国王〉：论巴洛克戏剧的本质》(Carolus Stuardus. *Vom Wesen barocker Dramaturgie*, Phil. Diss. Basel,1966)，页 38。下文阐释从根本上可追溯到以上的解释，尽管在此前无法确定的来源得以确定之后（参见前文注释），Schöne 的论点如今必须被修正。Karl-Heinz Habersetzer 也在《伦敦的悲剧舞台：安德里亚斯·格吕菲乌斯〈被弑的国王〉的原始素材研究》页 303 中指出，格吕菲乌斯是从 Heylyn 的传记中（参见前文注释）引用了查理一世的命运与耶稣受难的对照，并得出如下结论："这就产生了一个问题，Schöne 提出的《被弑的国王》中典范后表(postfigurativ)的塑造原则（素材来源为虚构的假设是该原则的有力支持）在多大程度上可以保持有效，或者是否需要修改。"参见 Karl-Heinz Habersetzer,前揭,页 304。

格吕菲乌斯的《被弑的国王》与另两部殉道剧《格鲁吉亚女王卡塔琳娜》和《帕皮尼亚努斯》有很多相似之处。① 三部剧的主人公都临危不惧,毫不妥协地捍卫自己的信念,慷慨赴死。三部剧的主人公都身居高位,这就决定了他们可以兑现奥皮茨提出的落差原则。所谓落差原则是巴洛克戏剧的一个典型原则,其特征是主人公在外在命运急转直下时,内心会获得一种价值上的提升,比如一个恒毅之人,他在这个虚幻世界中跌落得越低,受到的屈辱越多,他内心就升华得越高。这是一个悖论式的翻转,也是十七世纪宗教格言诗常用的法则。查理是一位殉道者,他捍卫自己的信仰,视死如归,以死证明尘世的虚幻。戏剧结尾通过王冠的象征鲜明表现出国王与殉道者之间的价值翻转:查理失去尘世的王冠,戴上殉道者的荆棘冠。而这时等待他的——此为第二个翻转——将是永恒的"荣誉之冠"。当查理登上断头台时,剧中一位旁观的童贞女说道:

> 这是最后的王冠!荣华归于它!
> 世上的荣耀归于它!王座的权力归于它!
> (第五幕,行419及以下)

随后查理致诀别辞,更加明确地表达了这一思想:

> 尘世啊请收回,从我们这里收回那属于你的!
> 我所赢得的,是永恒之冠。(第五幕,行447及以下)

格吕菲乌斯在剧本最后一个注释中,有意引用了他的原始资料《记国王查理的生与死》②,其中说道:

---

① 卡拉卡拉(186—217,211年后在位,建造卡拉卡拉大浴场的皇帝)一度与弟弟盖塔为古罗马共治皇帝。
② 格吕菲乌斯对其英文素材的标题的翻译之一。

两院议员在其请愿、通告和声明中,屡次向国王预许,日后将把他树立为伟大光荣的国王。此时他们遵守承诺,把(之前为他准备好的)尘世之沉重的荆棘冠,变成永垂不朽的荣誉之冠。(140,126 – 141,132)①

同样是殉道剧,《被弑的国王》与《格鲁吉亚女王卡塔琳娜》和《帕皮尼亚努斯》还是有很多不同之处。卡塔琳娜为忠实信仰,拒绝了沙王阿巴斯的追求,升华为秘契神学所讲的基督的新娘;帕皮尼亚努斯为神圣的法殉道,捍卫了绝对价值的有效性。而查理则不同,他既是凡人,又是君主,肩负着神所赋予的帝王之尊。他效法基督受难,在受难过程中逐渐与基督融为一体。② 换言之,卡塔琳娜殉道,是面对异教的蛮族捍卫基督教信仰;帕皮亚努斯殉道,是拒绝执行违背神圣原则的命令。而查理殉道则有所不同,他是由神任命并且只对神负责的国王,他的存在、这种存在的神圣不可侵犯性,本身就对篡权者克伦威尔构成威胁——正如基督之对于大祭司。为了让查理死得更加纯粹,格

---

① 关于三重冠的象征,参见 Albrecht Schöne,《被弑的国王或查理·斯图亚特暨大不列颠王》,页 134;此外可参见 Hugo Bekker,《〈被弑的国王〉中的王冠》(The Motif of the Crown in Carolus Stuardus),载于 H. B., Andreas Gryphius: Poet between Epochs, Bern/ Frankfurt a. M. 1973 (Kanadische Studien zur deutschen Sprache und Literatur 10),页 65 – 77。

② Albrecht Schöne 在《被弑的国王或查理·斯图亚特暨大不列颠王》的页 168 中使用了"后表"(Post - Figuration)这一贴切的表达方式作为对"先表"(Prä - Figuration)概念的比喻,来形容这个效仿的过程(参见上文注释)。Hans - Jürgen Schings 批评 Schöne 在对该形式和思想原则进行诗意化用的过程中竟然认识到了世俗化的过程,而格吕菲乌斯在人物塑造的原则上明显遵循了殉道主义的动机,参见 die patristische und stoische Tradition bei Andres Gryphius. Untersuchungen zu den Dissertationes funebres und Trauerspielen, Köln/ Graz 1996 (Kölner Germanistische Studien 2),页 269。关于 Karl - Heinz Habersetzer 的批评可参见上文注释。

吕菲乌斯删去了他为大主教劳德之死所负的全部责任。①

在第一幕结尾,"被弑英格兰诸王魂灵"的合唱抹去了查理身上的道德瑕疵,唱词唱道:

> 最大的罪过
> 莫过于他有太多的忍耐!(第一幕,行 337–338)

在第二幕中,查理已然视基督为自己的榜样:

> 我已经厌倦了生命。
> 我凝视那位王,他自己走向十字架,
> 被他的子民仇视,被他的人群嘲笑,
> 不为那些敷衍他的国度所承认,
> 同我一样被朋友出卖,同我一样被敌人控告,
> 因他人的罪而受屈辱,直至受折磨而死。
> (第二幕,行 259 及以下)

在第五幕中,作品描写了群氓如何虐待国王,与基督受难时群氓对他的侮辱形成类比:

> 我感到惊恐,一个粗野的孩子吐唾沫到他脸上。
> 愤怒地向他狂吼。他不发一言,并不在意。
> 比起荣誉,他更要像那个王一样;
> 那位在尘世得到的只有戏弄、十字架和唾沫。
> (第五幕,行 55 及以下)

紧接着,大主教居克逊捧起教会礼仪用书,选择基督受难那天的

---

① 历史上的查理平衡政策,默许了对大主教劳德的判决。

经文为查理宣读①,对此,戏剧借一位伯爵的话说道:

> 他由衷地希望,自己因受难而与耶稣
> 一道荣幸地告别这天。(第五幕,行 117 及以下)

剧中此类例子不胜枚举。随着情节发展,查理逐渐进入基督的角色。圣经中耶稣受难的情节决定了戏剧情节结构,就连次要人物的安排也不例外。剧中"失败"的营救情节当在这一框架中去理解。在第一版后,格吕菲乌斯在不同文献中读到有关营救的信息,比如 Maiolo Bisaccioni 的《近期内战史》(*Historia delle Guerre Civili de questi ultimi Tempi*,威尼斯,1655)记载费尔法克斯夫人密谋营救查理,又比如 Philipp von Zesen 的《被侮辱而又被树起的国王……》(*Die verschmaehete / doch wieder erhoehete Majestaet* ……,阿姆斯特丹,1661)记载了军官们的营救计划。然而问题的关键不在于作者是否在第二版使用了新文献,而在于他如何使用:格吕菲乌斯选用和处理新文献,目的是更好地证明,他所塑造的是一项救赎史意义上的事件。

这样,史料记载的营救计划本身显然不足以说明问题,真正能够说明问题的是作者创作的戏剧情节:费尔法克斯的夫人影射圣经中彼拉多的夫人,犹豫不决的军人费尔法克斯则代表罗马总督彼拉多。继而费尔法克斯与克伦威尔间的对话就获得一重新的含义,继而营救计划无果也不再是格吕菲乌斯创作上的缺陷。以此类推,克伦威尔、哈克尔和胡戈·彼得实则充当了大祭司的角色;第二版加上的珀勒也就有了着落——珀勒在第五幕出场,他的出场不仅解决了时间统一问题,更重要的是他影射了犹大,也就是圣经中那个因出卖耶稣、意识到自己将受永罚而自缢的犹大。关于珀勒的独白(第五幕行 157 起),格

---

① 教会礼仪用书,为教会年规定了弥撒念的经文,比如应该在耶稣受难日念有关耶稣受难的经文。大主教在查理受刑时选择了耶稣受难日的经文。

吕菲乌斯在注释中如此说道：

> 这人是谁／对很多人并不陌生。我姑且不提他的名字。他已经惩罚了自己／受到自己的制裁。(139,81 等)①

最后，就基督死后自然界发生的异象，剧中也有类比，表现在玛丽·斯图亚特的魂灵(第二幕,行 241 及以下)和珀勒所见的异象中。异象描写，整个世界都在哀悼查理的死，自然万物脱离了正常运转轨道：

> 地狱开裂了！
> 泰晤士河浮着硫磺燃烧的蓝火！我看见太阳颤抖！
> 天昏地暗！伦敦这个堡垒大厦将倾！(第五幕,行 240 等)

整部戏剧的结尾是"被弑诸王的魂灵"和"复仇"的合唱，其时狂风大作，大地开裂，很显然，这对应新约所描写的耶稣死后自然界出现的异象。种种迹象表明，在格吕菲乌斯的剧中，现实历史与耶稣受难存在平行对照关系。受难的查理是"舞台上效法耶稣的形象"。② 查理的伟大在于他与基督形成类比，效法基督的命运。历史事件因此而获得永恒意义；当代史具有了超越时代的意义。

在格吕菲乌斯的悲剧中，恶人尽管看上去得逞了，但他们内心却

---

① 对历史上珀勒身份的确认，参见 John Robert Alexander,《格吕菲乌斯〈被弑的国王〉中珀勒形象可能的历史来源》(*A Possible Historical Source fort he Figure of Poleh in Andreas Gryphius' Carolus Stuardus*)，载于 Daphnis. Zeitschrift für Mittlere Deutsche Literatur 3 (1974)，页 203 – 204，以及 Janifer Gerl Stackhouse,《格吕菲乌斯的查理悲剧中神秘的自杀事件：谁是珀勒?》(*The Mysterious Regicide in Gryphius' Stuart Drama. Who is Poleh?*)，载于 *Modern Language Notes* 89 (1974)，页 797 – 811。

② Albrecht Schöne,《被弑的国王或查理·斯图亚特暨大不列颠王》，页 166。

始终无法摆脱作为神的正义之体现的复仇和惩罚。对于这位西里西亚的剧作家来说,世界秩序不会改变。谁若触犯神的无辜的代表或见证人(卡塔琳娜和查理),或触犯神圣的伦理价值的代表(帕皮尼亚努斯),就是对神提出挑战,就会遭到神的惩罚。而且惩罚并非发生在人死后,而是就在此世,在今生。比如阿巴斯在杀害卡塔琳娜后,随即受到良心折磨,以致殉道者的悲剧几乎翻转为复仇的悲剧。① 在《帕皮尼亚努斯》中,复仇的魂灵疯狂地追逐弑兄的罗马皇帝 Bassian:早在第二幕后的合唱中忒弥斯就把他交付给了"盛怒"。《被弑的国王》中同样如此。查理效法基督的榜样,遵从基督的教诲,原谅了折磨他的人。然而,神的惩罚并未就此消除,戏中接着演到:珀勒认识到自己才是真正应当被处决的人,他眼前出现以往弑君者遭受惩罚的异象。在戏剧结尾的合唱中,各方魂灵召唤复仇和审判,复仇以拟人化形象出现,发誓把英格兰变成地狱,"它若不懊悔地流尽眼泪"(第五幕,行544)。戏剧借此最后一次强调,弑君事实上是对神的犯罪。

最后简要介绍一下本剧在当时的上演情况。有关《被弑的国王》在当时上演情况的文献不多,②表明这部剧远不及《列奥·阿米纽斯》或《帕皮尼亚努斯》受人喜爱。1650 年有学生在托伦(Thorn)演出了一部《被弑的国王》剧,这个《被弑的国王》很可能就是格吕菲乌斯的作品,而且能上演的前提是剧本此时已经完成。比较有把握的信息是该剧曾于 1665 年在齐陶(Zittau)学校剧院演出。至于 1671 年在阿尔滕堡(Altenburg)学校上演的是格吕菲乌斯的《被弑的国王》还是他的

---

① 参见 Clemens Heselhaus,《格吕菲乌斯的〈格鲁吉亚女王卡塔琳娜〉》(Andreas Gryphius, Catharina von Georgien),载于 Benno von Wies (Hrsg.), Das deutsche Drama vom Barock bis zur Gegenwart, Bd. 1, Düsseldorf, 1960,页 54。

② 参见 Willi Flemming,《格吕菲乌斯和舞台》(Andreas Gryphius und die Bühne),Marburg,1914,页 249;以及 Hugh Powell,《被弑的国王》(Carolus Stuardus, Leicester 1955),前言,页 132。

其他剧目,还不太清楚。布雷斯劳的伊丽莎白人文中学定期上演格吕菲乌斯的作品,但《被弑的国王》是否列在其中,也无定论。然而可以十分肯定的是,普法尔茨选帝侯卡尔·路德维希曾在海德堡上演此剧,之所以如此肯定,一个很重要的原因是,这位选帝侯是查理一世的一个外甥,而且在英国内战期间刚好在伦敦逗留。

图书在版编目（CIP）数据

被弑的国王/（德）格吕菲乌斯著；朱晨译. --北京：华夏出版社有限公司，2023.8
（西方传统：经典与解释）
ISBN 978-7-5222-0401-7

Ⅰ.①被… Ⅱ.①格… ②朱… Ⅲ.①悲剧 – 剧本 – 德国 – 近代 Ⅳ.①I516.34

中国版本图书馆 CIP 数据核字(2022)第 148832 号

被弑的国王

作　　者	［德］格吕菲乌斯
译　　者	朱　晨
责任编辑	刘雨潇
责任印制	刘　洋
出版发行	华夏出版社有限公司
经　　销	新华书店
印　　装	北京汇林印务有限公司
版　　次	2023 年 8 月北京第 1 版 2023 年 8 月北京第 1 次印刷
开　　本	880×1230　1/32
印　　张	7.25
字　　数	182 千字
定　　价	59.00 元

华夏出版社有限公司　地址：北京市东直门外香河园北里 4 号　邮编：100028
网址：www.hxph.com.cn　电话:(010)64663331(转)
若发现本版图书有印装质量问题，请与我社营销中心联系调换。

西方传统：经典与解释
Classici et Commentarii
HERMES
刘小枫◎主编

古今丛编

欧洲中世纪诗学选译　宋旭红 编译
克尔凯郭尔　[美]江思图 著
货币哲学　[德]西美尔 著
孟德斯鸠的自由主义哲学　[美]潘戈 著
莫尔及其乌托邦　[德]考茨基 著
试论古今革命　[法]夏多布里昂 著
但丁：皈依的诗学　[美]弗里切罗 著
在西方的目光下　[英]康拉德 著
大学与博雅教育　董成龙 编
探究哲学与信仰　[美]郝岚 著
民主的本性　[法]马南 著
梅尔维尔的政治哲学　李小均 编/译
席勒美学的哲学背景　[美]维塞尔 著
果戈里与鬼　[俄]梅列日科夫斯基 著
自传性反思　[美]沃格林 著
黑格尔与普世秩序　[美]希克斯 等著
新的方式与制度　[美]曼斯菲尔德 著
科耶夫的新拉丁帝国　[法]科耶夫 等著
《利维坦》附录　[英]霍布斯 著
或此或彼（上、下）　[丹麦]基尔克果 著
海德格尔式的现代神学　刘小枫 选编
双重束缚　[法]基拉尔 著
古今之争中的核心问题　[德]迈尔 著
论永恒的智慧　[德]苏索 著
宗教经验种种　[美]詹姆斯 著
尼采反卢梭　[美]凯斯·安塞尔-皮尔逊 著
舍勒思想评述　[美]弗林斯 著
诗与哲学之争　[美]罗森 著

神圣与世俗　[罗]伊利亚德 著
但丁的圣约书　[美]霍金斯 著

古典学丛编

荷马笔下的诸神与人类德行　[美]阿伦斯多夫 著
赫西俄德的宇宙　[美]珍妮·施特劳斯·克莱 著
论王政　[古罗马]金嘴狄翁 著
论希罗多德　[古罗马]卢里叶 著
探究希腊人的灵魂　[美]戴维斯 著
尤利安文选　马勇 编/译
论月面　[古罗马]普鲁塔克 著
雅典谐剧与逻各斯　[美]奥里根 著
菜园哲人伊壁鸠鲁　罗晓颖 选编
劳作与时日（笺注本）　[古希腊]赫西俄德 著
神谱（笺注本）　[古希腊]赫西俄德 著
赫西俄德：神话之艺　[法]居代·德拉孔波 编
希腊古风时期的真理大师　[法]德蒂安 著
古罗马的教育　[英]葛怀恩 著
古典学与现代性　刘小枫 编
表演文化与雅典民主制
[英]戈尔德希尔、奥斯本 编
西方古典文献学发凡　刘小枫 编
古典语文学常谈　[德]克拉夫特 著
古希腊文学常谈　[英]多佛 等著
撒路斯特与政治史学　刘小枫 编
希罗多德的王霸之辨　吴小锋 编/译
第二代智术师　[英]安德森 著
英雄诗系笺释　[古希腊]荷马 著
统治的热望　[美]福特 著
论埃及神学与哲学　[古希腊]普鲁塔克 著
凯撒的剑与笔　李世祥 编/译
伊壁鸠鲁主义的政治哲学　[意]詹姆斯·尼古拉斯 著
修昔底德笔下的人性　[美]欧文 著
修昔底德笔下的演说　[美]斯塔特 著
古希腊政治理论　[美]格雷纳 著

赫拉克勒斯之盾笺释 罗逍然 译笺
《埃涅阿斯纪》章义 王承教 选编
维吉尔的帝国 [美]阿德勒 著
塔西佗的政治史学 曾维术 编

古希腊诗歌丛编
古希腊早期诉歌诗人 [英]鲍勒 著
诗歌与城邦 [美]费拉格、纳吉 主编
阿尔戈英雄纪（上、下）
[古希腊]阿波罗尼俄斯 著
俄耳甫斯教祷歌 吴雅凌 编译
俄耳甫斯教辑语 吴雅凌 编译

古希腊肃剧注疏
欧里庇得斯与智术师 [加]科纳彻 著
欧里庇得斯的现代性 [法]德·罗米伊 著
自由与僭越 罗峰 编译
希腊肃剧与政治哲学 [美]阿伦斯多夫 著

古希腊礼法研究
宙斯的正义 [英]劳埃德-琼斯 著
希腊人的正义观 [英]哈夫洛克 著

廊下派集
剑桥廊下派指南 [加]英伍德 编
廊下派的苏格拉底 程志敏 徐健 选编
廊下派的神和宇宙 [墨]里卡多·萨勒斯 编
廊下派的城邦观 [英]斯科菲尔德 著

希伯莱圣经历代注疏
希腊化世界中的犹太人 [英]威廉逊 著
第一亚当和第二亚当 [德]朋霍费尔 著

新约历代经解
属灵的寓意 [古罗马]俄里根 著

基督教与古典传统
保罗与马克安 [德]文森 著
加尔文与现代政治的基础 [美]汉考克 著
无执之道 [德]文森 著

恐惧与战栗 [丹麦]基尔克果 著
托尔斯泰与陀思妥耶夫斯基
[俄]梅列日科夫斯基 著
论宗教大法官的传说 [俄]罗赞诺夫 著
海德格尔与有限性思想（重订版）
刘小枫 选编
上帝国的信息 [德]拉加茨 著
基督教理论与现代 [德]特洛尔奇 著
亚历山大的克雷芒 [意]塞尔瓦托·利拉 著
中世纪的心灵之旅 [意]圣·波纳文图拉 著

德意志古典传统丛编
黑格尔论自我意识 [美]皮平 著
克劳塞维茨论现代战争 [澳]休·史密斯 著
《浮士德》发微 谷裕 选编
尼伯龙人 [德]黑贝尔 著
论荷尔德林 [德]沃尔夫冈·宾德尔 著
彭忒西勒亚 [德]克莱斯特 著
穆佐书简 [奥]里尔克 著
纪念苏格拉底——哈曼文选 刘新利 选编
夜颂中的革命和宗教 [德]诺瓦利斯 著
大革命与诗化小说 [德]诺瓦利斯 著
黑格尔的观念论 [美]皮平 著
浪漫派风格——施勒格尔批评文集 [德]施勒格尔 著

巴洛克戏剧丛编
克里奥帕特拉 [德]罗恩施坦 著
君士坦丁大帝 [德]阿旺西尼 著
被弑的国王 [德]格吕菲乌斯 著

美国宪政与古典传统
美国1787年宪法讲疏 [美]阿纳斯塔普罗 著

启蒙研究丛编
论古今学问 [英]坦普尔 著
历史主义与民族精神 冯庆 编
浪漫的律令 [美]拜泽尔 著
现实与理性 [法]科维纲 著

论古人的智慧　[英]培根 著
托兰德与激进启蒙　刘小枫 编
图书馆里的古今之战　[英]斯威夫特 著

政治史学丛编

驳马基雅维利　[普鲁士]弗里德里希二世 著
现代欧洲的基础　[英]赖希 著
克服历史主义　[德]特洛尔奇 等著
胡克与英国保守主义　姚啸宇 编
古希腊传记的嬗变　[意]莫米利亚诺 著
伊丽莎白时代的世界图景　[英]蒂利亚德 著
西方古代的天下观　刘小枫 编
从普遍历史到历史主义　刘小枫 编
自然科学史与玫瑰　[法]雷比瑟 著

地缘政治学丛编

地缘政治学的起源与拉采尔　[希腊]斯托杨诺斯 著
施米特的国际政治思想　[英]欧迪瑟乌斯/佩蒂托 编
克劳塞维茨之谜　[英]赫伯格-罗特 著
太平洋地缘政治学　[德]卡尔·豪斯霍弗 著

荷马注疏集

不为人知的奥德修斯　[美]诺特维克 著
模仿荷马　[美]丹尼斯·麦克唐纳 著

品达注疏集

幽暗的诱惑　[美]汉密尔顿 著

阿里斯托芬集

《阿卡奈人》笺释　[古希腊]阿里斯托芬 著

色诺芬注疏集

居鲁士的教育　[古希腊]色诺芬 著
色诺芬的《会饮》　[古希腊]色诺芬 著

柏拉图注疏集

挑战戈尔戈　李致远 选编
论柏拉图《高尔吉亚》的统一性　[美]斯托弗 著
立法与德性——柏拉图《法义》发微　林志猛 编
柏拉图的灵魂学　[加]罗宾逊 著

柏拉图书简　彭磊 译注
克力同章句　程志敏 郑兴凤 撰
哲学的奥德赛——《王制》引论　[美]郝兰 著
爱欲与启蒙的迷醉　[美]贝尔格 著
为哲学的写作技艺一辩　[美]伯格 著
柏拉图式的迷宫——《斐多》义疏　[美]伯格 著
苏格拉底与希琵阿斯　王江涛 编译
理想国　[古希腊]柏拉图 著
谁来教育老师　刘小枫 编
立法者的神学　林志猛 编
柏拉图对话中的神　[法]薇依 著
厄庇诺米斯　[古希腊]柏拉图 著
智慧与幸福　程志敏 选编
论柏拉图对话　[德]施莱尔马赫 著
柏拉图《美诺》疏证　[美]克莱因 著
政治哲学的悖论　[美]郝岚 著
神话诗人柏拉图　张文涛 选编
阿尔喀比亚德　[古希腊]柏拉图 著
叙拉古的雅典异乡人　彭磊 选编
阿威罗伊论《王制》　[阿拉伯]阿威罗伊 著
《王制》要义　刘小枫 选编
柏拉图的《会饮》　[古希腊]柏拉图 等著
苏格拉底的申辩（修订版）　[古希腊]柏拉图 著
苏格拉底与政治共同体　[美]尼柯尔斯 著
政制与美德——柏拉图《法义》疏解　[美]潘戈 著
《法义》导读　[法]卡斯代尔·布舒奇 著
论真理的本质　[德]海德格尔 著
哲人的无知　[德]费勃 著
米诺斯　[古希腊]柏拉图 著
情敌　[古希腊]柏拉图 著

亚里士多德注疏集

《诗术》译笺与通绎　陈明珠 撰
亚里士多德《政治学》中的教诲　[美]潘戈 著
品格的技艺　[美]加佛 著

亚里士多德哲学的基本概念　[德]海德格尔 著
《政治学》疏证　[意]托马斯·阿奎那 著
尼各马可伦理学义疏　[美]伯格 著
哲学之诗　[美]戴维斯 著
对亚里士多德的现象学解释　[德]海德格尔 著
城邦与自然——亚里士多德与现代性　刘小枫 编
论诗术中篇义疏　[阿拉伯]阿威罗伊 著
哲学的政治　[美]戴维斯 著

普鲁塔克集
普鲁塔克的《对比列传》　[英]达夫 著
普鲁塔克的实践伦理学　[比利时]胡芙 著

阿尔法拉比集
政治制度与政治箴言　阿尔法拉比 著

马基雅维利集
解读马基雅维利　[美]麦考米克 著
君主及其战争技艺　娄林 选编

莎士比亚绎读
莎士比亚的罗马　[美]坎托 著
莎士比亚的政治智慧　[美]伯恩斯 著
脱节的时代　[匈]阿格尼斯·赫勒 著
莎士比亚的历史剧　[英]蒂利亚德 著
莎士比亚戏剧与政治哲学　彭磊 选编
莎士比亚的政治盛典　[美]阿鲁里斯/苏利文 编
丹麦王子与马基雅维利　罗峰 选编

洛克集
上帝、洛克与平等　[美]沃尔德伦 著

卢梭集
致博蒙书　[法]卢梭 著
政治制度论　[法]卢梭 著
哲学的自传　[美]戴维斯 著
文学与道德杂篇　[法]卢梭 著
设计论证　[美]吉尔丁 著
卢梭的自然状态　[美]普拉特纳 等著

卢梭的榜样人生　[美]凯利 著

莱辛注疏集
汉堡剧评　[德]莱辛 著
关于悲剧的通信　[德]莱辛 著
智者纳坦（研究版）　[德]莱辛 等著
启蒙运动的内在问题　[美]维塞尔 著
莱辛剧作七种　[德]莱辛 著
历史与启示——莱辛神学文选　[德]莱辛 著
论人类的教育　[德]莱辛 著

尼采注疏集
尼采引论　[德]施特格迈尔 著
尼采与基督教　刘小枫 编
尼采眼中的苏格拉底　[美]丹豪瑟 著
动物与超人之间的绳索　[德]A.彼珀 著

施特劳斯集
苏格拉底与阿里斯托芬
论僭政（重订本）　[美]施特劳斯 [法]科耶夫 著
苏格拉底问题与现代性（第三版）
犹太哲人与启蒙（增订本）
霍布斯的宗教批判
斯宾诺莎的宗教批判
门德尔松与莱辛
哲学与律法——论迈蒙尼德及其先驱
迫害与写作艺术
柏拉图式政治哲学研究
论柏拉图的《会饮》
柏拉图《法义》的论辩与情节
什么是政治哲学
古典政治理性主义的重生（重订本）
回归古典政治哲学——施特劳斯通信集
＊＊＊
追忆施特劳斯　张培均 编
施特劳斯学述　[德]考夫曼 著

论源初遗忘　[美]维克利 著

阅读施特劳斯　[美]斯密什 著

施特劳斯与流亡政治学　[美]谢帕德 著

驯服欲望　[法]科耶夫 等著

论哲学生活的幸福

大学素质教育读本

古典诗文绎读 西学卷·古代编（上、下）

古典诗文绎读 西学卷·现代编（上、下）

施特劳斯讲学录

斯宾诺莎的政治哲学

施米特集

宪法专政　[美]罗斯托 著

施米特对自由主义的批判　[美]约翰·麦考米克 著

伯纳德特集

古典诗学之路（第二版）　[美]伯格 编

弓与琴（重订本）　[美]伯纳德特 著

神圣的罪业　[美]伯纳德特 著

布鲁姆集

巨人与侏儒（1960-1990）

人应该如何生活——柏拉图《王制》释义

爱的设计——卢梭与浪漫派

爱的戏剧——莎士比亚与自然

爱的阶梯——柏拉图的《会饮》

伊索克拉底的政治哲学

沃格林集

自传体反思录

朗佩特集

哲学与哲学之诗

尼采与现时代

尼采的使命

哲学如何成为苏格拉底式的

施特劳斯的持久重要性

迈尔集

施米特的教训

何为尼采的扎拉图斯特拉

政治哲学与启示宗教的挑战

隐匿的对话